· 悟在文学中成长 · 中国当代教育文学精选系列

高长梅　王培静◎丛书主编

回眸，背后灯火璀璨

刘会然 著

花山文艺出版社

河北·石家庄

图书在版编目（ＣＩＰ）数据

回眸，背后灯火璀璨 / 刘会然著. -- 石家庄 ：花山文艺出版社，2012.8（2024.6 重印）
（读·品·悟 ：在文学中成长·中国当代教育文学精选系列 / 高长梅，王培静主编）
ISBN 978-7-5511-1390-8

Ⅰ．①回… Ⅱ．①刘… Ⅲ．①散文集－中国－当代②随笔－作品集－中国－当代 Ⅳ．①I267

中国版本图书馆CIP数据核字(2013)第186072号

丛 书 名：读·品·悟：在文学中成长·中国当代教育文学精选系列
丛书主编：高长梅　王培静
书　　名：回眸，背后灯火璀璨
　　　　　HUIMOU BEIHOU DENGHUO CUICAN

著　　者：刘会然

策　　划：张采鑫
责任编辑：于怀新
特约编辑：李文生
装帧设计：北京九洲鼎图书有限公司
美术编辑：王爱芹
出版发行：花山文艺出版社（邮政编码：050061）
　　　　　（河北省石家庄市友谊北大街330号）
销售热线：0311-88643299/96/17
印　　刷：三河市中晟雅豪印务有限公司
经　　销：新华书店
开　　本：710mm×1000mm　1/16
印　　张：11
字　　数：165千字
版　　次：2013年9月第1版
　　　　　2024年6月第3次印刷
书　　号：ISBN 978-7-5511-1390-8
定　　价：49.80元

CONTENTS | 目 录

Chapter 1

第一辑 秋晨叶落

Chapter 2

第二辑 **古镇夜雨**

Chapter 3
第三辑 梅子时节雨

Chapter 4

第四辑 做好你自己

Chapter 5

第五辑 **孤独与微光**

第一辑 / **秋晨叶落**

秋　晨　叶　落

秋之晨总是在人们不经意的刹那，悄悄地降临，带着几分羞涩，几许凄楚。

"昨夜的秋风不知又吹落了多少发黄的树叶，也许秋天带给我们的只是落叶。"我久久地站在窗前思忖着，窗外的风不时地把树上飘落下来的叶子吹向窗棂。

"何必为一片失落的枯叶，在忧伤和落寞中孤独叹息？"同学劝慰的话在我耳畔响起，"让我们去感受一番秋晨给我们带来的意蕴好吗？"

踏着晨曦的步伐，我们漫步于林间小道，趋步在市郊田埂。远处青紫的烟，淡蓝的雾舒展在城市与群山之间。细微的雾丝，带着金色的晨光，在城市的上空悠闲地飘荡，奇瑰而又温馨。借着柔和的街灯，总能在不经意间看到许多热情洋溢的面孔，他们或一群或独个，或晨读或小跑，点缀着在公园、林间、山头。在他们身上仿佛演绎着一种对生命力量的执着。

这使我遥想起在家乡时的一个寒冷清晨，一位满脸沧桑的老农牵着耕牛，背着犁具从我窗前走过，趁着第一缕阳光朝田野迈去。看着他艰辛的步伐，消瘦的背影，我心里涌起了无限的凄楚。我知道他是在用艰辛的运动来延长自己那衰老的生命，很可能在第二天的清晨这位老农将永远地告别这个世界，也许在他剩余的生命里，孤独和疾病要超过他得到的快乐，但他却固执地拒绝生命终点的来临。每天久久地凝望他来来回回耕耘的身影，我内心受到了强烈的震撼。我真正感到了人生的可贵就在于此。

一枚黄叶落在我脸上，打断了我遥想的思绪。当我捧着这片叶子，细细地欣赏的时刻，方觉秋叶已不只是寒凄，更有几分对生命的重译，落叶表达了绿树

对根的情意。

在我们为飘零的枯叶悲戚的时候，是否想在明媚的春光里，用汗水为希望洒下萌芽的种子。种子会萌芽，会成长，会成熟，也一定会随着秋风坠落。但黄叶飘零之后，仍化为护根的泥土。我们又何必为它难以释怀呢？

当秋叶光顾我们窗台的时候，我们应该抛弃太多的人生忧伤，把它当作装饰我们窗台的一道季节的风景。在欣赏风景中，把失落和忧郁抛在身后，积极地去收获对生命秋天的壮歌。

其实，秋晨就是一首歌谣，落叶就是那串跳动的音符。

乡村的黄昏

乡村的黄昏是一幅永恒的诗意画。

当斜阳西挂，飞鸟远归，乡村的黄昏就应该开始了，但真正揭开乡村黄昏序幕的还是农家屋顶上那袅袅而升的炊烟。乡村百姓家屋顶上空第一缕炊烟腾空的时候，仿佛是一纸千古流传的约定，在外劳作的乡亲一定会纷纷收拾农具准备回家。

太阳恋恋不舍还是下山了，带走了大地最后的余温。林间的禽鸟开始了自己的欢唱，田间的昆虫也该卖弄起来自己一天来久寂的喉咙。各种鸣虫声此起彼伏，单唱、合唱、二重唱、交响乐，田间地头仿佛搭建了无数个露天舞台，在黄昏时分一幕一幕地上演着，令你"耳"不暇接。

田间的小路上，除了匆匆归来的人群，牧归的牛羊也踩着方步悠然走来，肚皮滚圆滚圆，对着渐行渐近的农舍发出"哞哞"的欢快声。

习习的夜风从山那头缓缓地吹拂过来了，迈过田野，蹚过小溪，带着田野花草与泥土的清香，在乡村的上空和着炊烟久久徘徊。

屋内酒菜的香气正从灶台上传来，回家的汉子迫不及待地从院子里的水井里提上一桶清凉的水，扯下墙壁上的毛巾，痛快地抹上一个冷水脸，抹去一身的尘土，洗去整天的疲惫。

开饭了，辛苦了一天的身心终于可以坐下来慢慢品味农家的美味菜肴了，虽然没有大鱼大肉，简简单单，或许是几棵青菜，或许是几块陈年腊肉，但香味浓郁，沁人心脾。汉子们打开坛子里的自酿老酒，酒的醇香和着菜的浓香在屋子里回荡。晚饭时候的孩子是最坐不住的，他们早已是扒好了一些饭菜，高高地端着碗去和邻家的小伙伴们或炫耀，或交换菜肴去了。

乡村的晚饭最富有情调，有如老酒一样醇绵，不急不缓，优哉游哉。

晚饭过后，三三两两的汉子从屋舍走来，不约而同地走到村口的那棵郁郁葱葱的老樟树下。他们攒在一起，或蹲或站，聊起水稻的长势，切磋起农耕的经验……在烟雾缭绕的烤烟味中，汉子们露出了对田野丰收的期待。

慢慢地，月儿从树梢探出了半个脑袋，照在草坪上，照在草坪上熙熙攘攘玩着游戏的孩童身上。夜色愈来愈浓了，该回家了。母亲呼、孩子应的声音此起彼伏，形形色色的小名如"狗娃""黑牛"的呼唤声会使你忍俊不禁。

樟树底下的汉子领着草坪上游玩的孩子走了。月光如轻柔的湖水，静静地泻在乡村的屋顶上，泻在一望无垠的田野上……

几声犬吠隐隐约约从深巷里传来，乡村的夜晚就在庄稼禾苗的拔节声来临了。

 饭　　聚

行走都市多年,经历过形形色色的饭局太多太滥,能给我带来念想的却太少。都市的饭局把交流变成了交易,把忆旧变成了吹嘘,把感情加深变成了酒量测量……这种饭局让人生厌,这种饭局让人畏惧。每参加过一个恼人的饭局后总会痛心疾首。痛定思痛后,童年饭聚的温馨与甜美总会从依稀的梦乡飘拂而至……

暮色开始四合,明媚的月光透过树梢,婆娑地洒落一地。一群孩子正围在泥墙根或者乌桕树下,他们人擎一碗,津津有味地咀嚼着碗里的美味。虽然是乡间最常见的菜蔬,但孩子们依然吃得吧唧吧唧,连山珍海味都无法比拟。

乡间的孩子谁没有参加过这种饭聚?饭聚可是乡间孩子们必须经历的成长课啊!

记得小时候的我每天最期盼的就是饭聚。当母亲燃起灶膛里的第一束稻秸时,我就会心猿意马地等着饭聚时刻的到来。

母亲把冒着热气的菜蔬端上饭桌,我的筷子就会贪婪地游走在菜碗间,直到菜蔬把碗里的米饭掩盖后,我就火急火燎地赶往泥墙根下。这时,参加饭聚的小伙伴都挨着墙根围坐好了。

乡间的孩子连吃饭也是不安分的。他们说、笑、打、闹。所以,在饭聚时打破饭碗是很常见的。在一番折腾后,饭聚中最激动人心的换菜就开始上演了。

小时候在乡间还很难吃上肉,能吃上白白嫩嫩的豆腐就是当时最好的美食了。今天谁家炒了豆腐,那么他肯定是饭聚的中心人物。大伙会把他围在中间,都跃跃欲试地想用碗里的青菜、长豆、丝瓜等换上一块焦黄油腻的豆腐。吃

豆腐的孩子会先和他玩得最好的伙伴交换,再顺着关系的好坏依次交换。除非特别小气的孩子,再好的菜肴都会在小伙伴之间流转。所以,一次饭聚就能吃遍左邻右舍晚餐上的菜肴。

换菜后,小伙伴也会评判谁母亲的菜炒得好吃,谁家里的菜油多,谁家的菜干净……得到好评的小伙伴会趾高气扬,得到差评的孩子会满脸羞涩,甚至会立即跑回家,把正在吃饭的母亲无缘无故地说上一顿。

除非极端天气或特殊节日,这样的饭聚会周而复始,循环往复。特别是得知哪个小伙伴家里今天杀了鸡鸭或砍了猪肉牛肉。那傍晚的饭聚肯定是异常精彩了。甚至饭聚的准备活动会延伸到整天。在这一天里,这个孩子准会成为孩子王,他说的每句话都是对的,他做的每件事也是正确的。他发号施令成了理所当然。

一到晚上的饭聚时,白天对他好的伙伴自然获得优先权。当然,乡间的孩子大多讲义气,除非先前拒绝过换菜的伙伴都能得到机会。有时候换菜换到碗里自己都没有了,这时小伙伴也不会气恼,而是立即跑回家里,回来后碗里就盛满了肉块。当然也有要好的孩子来饭聚时故意把青菜放在上面,把肉类放在碗底,但嗅觉灵敏的孩子也会发觉,耍奸孩子在伙伴面前会抬不起头。换菜就是换心,它检验着小伙伴友谊的成色。

乡间饭聚的场所随意,菜肴简单。即使是同样的菜肴伙伴们还是喜欢交换,仿佛萝卜青菜一经交换就变成了大鱼大肉。其实,在交换的过程中,孩子们得到的是一种分享的快乐。孩子们心中一直坚信:邻居妈妈炒的菜总是最好吃的菜。于是,这种饭聚交换是不会因为菜的贵贱而停歇,甚至有些童心未泯的大人也会参加到孩子们这种饭聚中,和小屁孩们一起换菜。

突然一天,父亲对我说,不要去外面吃饭了。父亲告诫的话成了一种仪式——童年的饭聚生活结束了。饭聚的结束意味着要与青葱的童年告别了。

时不时,我还会回望泥墙根下的饭聚,特别是喜欢谛听孩子们叽叽喳喳地讨论换菜的声音。但我知道,泥墙下的孩子已不再是最初的伙伴了。数年的春秋冬夏,数年的孩子轮换,最终我们也轮成了饭聚的局外人。飘溢着饭香、菜香

的饭聚时光渐行渐远了。或许,饭聚只能停留在乡间童年清纯的版图上。

湖 畔 二 胡

炎夏的黄昏,城市的喧嚣尚未离去,都市夜生活的狂热又如火如荼地上演着。我来到位于小城中心的那个湖畔,在落日的余晖下,整个湖畔沉浸在一层金黄的笼罩之中。白天忙碌的人们,总喜欢在这样寂静的湖畔散散步、透透气,以此来祛除整天的奔波与疲惫。

我漫步在曲折的湖畔小路上,工作上生活上的忧伤凄落屡屡袭来,我渴求一份娴静的心。我寻觅着,湖畔的垂柳在清风的吹拂下不时飘荡在我眼前,我的视线被这重重叠叠的树叶所隔阻。在诗人笔下风情万种的柳叶,此时却激不起我内心的任何涟漪。

忽然,不远处飘来一缕缕悦耳的二胡声,这声音在夜风的吹荡下,是那么清新,那么优美,幽幽咽咽,如凄似诉。时而像小桥流水,时而如月清灯辉,时而万马奔腾,又或蝉雀争鸣,似微风拂过河柳,如流星划破夜空,然而在每个节奏中都有一种激情荡漾着,铮铮作响。

或许是被那种激情的声音所震撼,我向那优美的声音走去。

只见一位老艺人坐在一石椅上,他如处无人之境,专注投入,心无旁骛地拉着手中那把已脱漆的斑驳二胡,整个身体随着音乐的节拍有规律地摇摆晃动。

我驻足,我入迷了,就连身旁不时走来的一对对有说有笑的年轻伴侣,经过时也驻足凝听着,默默赞叹着。虽然我不知道他拉的是何种曲目,但这声音如泉水一样从他的手指与双弦之间流出,流入我的心胸,流入整个湖畔,也流入这喧哗过后的城市。整个城市上空仿佛都飘荡着老艺人古朴但又悦耳的二胡声。在二胡的音韵里，顿时，我心头所有的忧伤凄落也被这如水的天籁所洗涤，流进我心田的是老艺人那亢奋、饱含激情的乐章……

数天了，我没有去过那平静的湖畔，但从那老艺人手中流出来的声音一直在我心头激荡着，并为之久荡不息。同时，我似乎也找到了生活中平衡心灵的支点：那就是如水的心境。

走，踏春去

走，踏春去！迈开青春的舞步，作别城市的喧嚣。让我们走出市区，走向田野，走进山林，走到春风吹绿的地方，去寻觅春天的独有的足音。

走，踏春去！或独自一人，或呼朋引伴。可以选择独步，亦可以骑上你心爱的脚踏车。但你必须找一种你最喜欢的方式，这个时候没有人会制约你，你就是自己的主宰。

走，踏春去！一路上，我们迎着如梦似幻的晨雾，追逐冉冉升起的旭日，鸟儿为我们歌唱，清风为我们舞蹈。

走，踏春去！我们走到田埂。一抹新绿的田埂总是在我们的脚下向远方延伸着，一直把我们的目光引到天边。我们可以停下脚步，谛听小草拔节的颤音，触摸软似鸭绒般青草的露珠。这时你或许会发现你前面就有一簇淡雅的小花，虽然是一簇不知名的野花，它没有玫瑰那么艳丽，没有牡丹那么富贵，但别在你或者我的头上，却能闻到土地那份悠绵的清香，也可以找到山野村姑才有的那种自然情怀。

走，踏春去！我们来到小溪，看着奔流不息的潺潺细流，我们可以拾起一块鹅卵石，去激起溪流那开心的阵阵浪花和那久荡不息的幸福涟漪。我们还可以追逐溪中的群鱼。脱去脚上的鞋,挽起裤管,你还可以与群鱼相戏于水中央。

　　走,踏春去! 我们来到辽阔的草原。你这才会发现草原的怀抱其实就是母亲的怀抱,那么深广,那么淳厚。我们可以和"母亲"的怀抱来个最亲密接触。也可以在"母亲"的怀抱做出童年才能做的游戏,过几回家家,撒几次娇。累了,困了,可以毫无顾忌"大"字模样躺下来,看看头顶那片蔚蓝的天,借助天空那几朵洁白的云彩,你还可以把思绪放飞到梦想的天边。

　　走,踏春去! 来到茂密的山林。我们可以听听鸟儿的呢喃,触摸松柏嫩绿的枝丫。或许,你会发现一只山雀正在朝你歌唱,你会发现有几株百合正期待你的采摘。如果你喜欢动物,你可以追寻动物的足迹,说不定,几只小白兔正等待你光临它们的新家?

　　走,踏春去! 走出一片空旷,踏出几许闲适。

秋 天 的 树

　　残阳,寒雾,薄霜,你以悲怆的心绪,探入秋天,秃顶的枝干淡化了黄昏之中最后的孤独守望,烈风的呼啸让叶脉有了心的战栗。候鸟托着疲惫的身影走了,孤山的红叶在秋风中坠英满地。

　　曾经繁华过的枯枝,如五弦琴上粗犷的颤音,跌落在没有绿意的河流,静静地逐波,远逝。饱含岁月的枯枝或浮或沉,似乎找寻丢失的记忆,于溪水瑟瑟中历尽沧桑,在内湖大江中远漾。

　　被树哺养过的绿叶,最终学会了流浪,赤裸裸地脱离了母爱的怀抱,踯躅中开始新的航行。但在灵魂深处,叶脉还清晰地禅悟脚下这片博大精深的热土,在难舍难分中,树干掩面而泣。

　　一棵秋天的树，忧伤的皱纹粗糙地记录着生命远遁的流程，在沉默耕耘中将夕阳和流水装入行囊，把枯枝与绿叶交与西风，在秋的喧嚣过后，积极寻找冬天凝重的脚印。

　　冬降至，思想的骨髓已经顶住苦难和尘埃的侵袭，穿过亘古的原始荒原，用呼啸奔腾的蹄音将原野燃烧。逝去的日子如珍珠般散落，你手抚夕阳，脚踏寒冬，回归到大自然去，是时候了。枯萎的思绪注定了埋葬，你选择毁灭而非苟生。

　　西风啊，十万里疯狂的孤寂与单调，且背负着沉沉的雷霆和雪意，你肆虐大地，横扫尘埃，在寒寂中重启新的格局。

　　当鸟儿从遥远的南国飞回，欢笑着衔回春天的呢喃，你必定会使希望萌芽、憧憬再复……

栀子飘香

　　我们家隔壁住着一位七十多岁的阿婆。阿婆一生没有生育过孩子，老伴也在前几年去世。她一个人住在院子里，虽然伶仃一人，但有院子相伴，阿婆从来没有感到孤单过。

　　阿婆的院子不大，只有十来个平方米。但这个用木栅栏围成的院子却被阿婆侍弄得一片生机盎然。这里一年四季都花团锦簇，芳草如茵。真是春有百花开、夏有绿荫盖、秋有硕果挂、冬有蜡梅香。阿婆的小院宛如一幅动态风景画，一年四季挂在我们这些邻居们的窗前。

　　每天清晨，阿婆都会到院子里去侍弄她的那些花花草草。我们还在睡梦中，就能听到阿婆为花草培土或浇水的声音。阿婆总是要忙到太阳照上阳台才收拾工具回屋休息。

阿婆一般选择周末去上街。每次上街，我总纳闷阿婆为什么都要先准备一些硬币。有时候没有硬币，她会来我家和我母亲换。后来我才发现，阿婆准备硬币的原因是给街上那些乞讨者。

有一次，我问阿婆，那些乞讨者有真有假，而且多数是骗子，你干吗碰到一个给一份，再说你也并不富裕？

阿婆说，我虽然不富裕，但也不缺这几个硬币，是真是假也无所谓，是真算是献一份爱心，是假也表一份心意吧。只要我是怀着一份善心给他们，我心里就有一股浓浓的欣慰……

每次我们去阿婆家里玩，阿婆总是迫不及待地告诉我们：哪棵树长高了，哪株花开放了。除了这个，阿婆有时也会叹息，说昨天谁家的狗或猫蹿到院子里来，毁坏了几株嫩苗或刨坏了一片绿地。

在与我们聊她院子里花草树木的时候，阿婆还会为我们准备一份她自己做的年糕。阿婆的年糕和超市里买来的不同，白白嫩嫩，咀嚼不粘牙，吃起来特别香甜，扑鼻的香气愈吃愈浓。我们这些邻居们都喜欢吃阿婆的年糕。每次听到邻居家里谁要出远门，阿婆总会送上一份她亲手做的年糕。

阿婆院子里种植的有桃树，李子树，还有山茶花，银杏等数十种。但阿婆最喜欢的还是院子角落的那棵栀子树。阿婆曾对我们说起过：栀子树很容易成活，平时也不需要特别照顾。但栀子树开的花却是最无私的，它总是希望自己的清香飘传到最远最远的地方，让所有的人都因为它的绽放而感到芬芳。

每年夏初，栀子花开的季节，栀子花的清香总会绕过阿婆的木栅栏随着清风飘到我们这些邻居家里来，我们小区整个初夏都会笼罩在一片馨香中。每年这个时候，透过窗棂，我们总能看到阿婆慈祥地坐在栀子花下，一脸的陶醉。

有时我想，其实阿婆不就是一株给人带来馨香的栀子树吗？

 # 春雷的召唤

　　和煦的春风早已剪刀剪似的碎了覆盖蓝天上的冬的余幕。沉睡许久的暖阳从天际洒落。听，你听，阴霾过后的天空，是否还有一种声音从山外绵延，款款走来。哦，它不就是春的号角，惊世骇俗的春雷吗？它飞越群山，疾驰原野，荡过小溪，在你的耳畔歌唱。

　　是春雷！你用沉醉了一个寒冬的嗓音，开始了新的歌唱。你没有夏雷的疯狂、霹雳，没有秋雷的稀疏、轻薄，没有冬雷的沉闷、抑郁。你却如农家爷爷的醇酒，悠远而又淳朴、绵长。

　　你不靠声音响度来取胜，你用心的颤唱来呼号。你饱含着山里女性的柔和与细腻。你的呼喊是一声声温柔的慰问，是一声声温馨的提醒，有如初恋的耳语，甜蜜又温存。在声声亲切的召唤中，山里久久盘踞里屋老爷们精神了，他们赶走一冬的疲惫，迎着春雷的号角，开始了一年新的耕耘。田野的曾经枯萎的草儿们也苏醒了，它们迫不及待地从压迫了整个冬天的泥土里，挺直了躯干。鸭儿鹅儿们也耐不住绿波的诱惑，早早地来到小池里，炫耀着它们对早春的先知。

　　年轻的你，醒来了吗？是否还在回忆残冬的旧梦。该醒了，听，春雷不是正在召唤着你吗？不管你过去的一年是失意还是得意，失败或者成功。这个都不重要，重要的是你还有没有勇气在春雷的呐喊下，重新迈开你的脚步。这不，天际的春雷又在朝你助威。你还在犹豫什么？赶紧整理行装，新一年的旅途该启程了！

　　看，村旁的柳枝开始吐展嫩芽了，在和风的舞动下，它们多么潇洒、自信。小溪也开始了新的欢唱，哗啦啦，哗啦啦，与春雷应和着，奏响起一曲纯绿色的天

籁绝唱。

看，早春的燕儿整理好了自己的绅士服装，开始了它们在天空舞台的演出。儿童手中风筝也正忙碌地为燕儿们翩翩伴舞。年轻的你，难道你不想乘着它们的翅膀，在属于自己的舞台上展露自己的才华，迎风而舞吗？

婺 剧 情 缘

爱上一种新事物是不需要理由的，有如青春期的初恋，它朦胧绚丽，想说却一言难尽，我就是这样爱上了婺剧的。

记得在刚来现在这所学校的时候，由于我是外地人，人生地不熟。每逢周末，本地的老师都回家了，而我的家远在千里之外，我只能待在学校里了。平时偌大的学校到了周末是那么冷清，寂寞像一条冰冷的蛇，在思想的空暇乱闯。那时唯一的办法就是逛街，一次偶然的机会，我买了一盒《僧尼会》的婺剧VCD，从此我与婺剧震荡起了难解的情缘。

在来金华市之前，我对婺剧就早有耳闻，当我观赏这盒新买《僧尼会》的时候，我却一脸的茫然，很失望，原本以为美轮美奂的婺剧，由于语言如同梵语，我竟然不知道演员叽叽咕咕在说唱些什么。是啊，一个尚未融入本地的外乡人，又怎能体味具有浓郁地域风采的婺剧之美？

随着时间的推移，我渐渐地融入这里的生活，当我再次打开这盒VCD时，我得到的感受却是迥然不同。婺剧那独特的造型、豪放的性格、沉郁的感情、动作的流畅以及明快的唱腔深深地吸引了我，这才知道对婺剧我有过最初的"美丽误会"。

在我们老家江西赣中一带，流传的剧种是采茶戏，采茶戏特点是采用民间采茶女子载歌载舞的形式表演，节奏欢快，诙谐风趣，喜剧性强。显然，同是地方戏曲，采茶戏和婺剧都具有独特的艺术魅力。我喜欢采茶戏，但观照两种戏曲之后，我发现采茶戏过分注重诙谐幽默，缺乏题材的厚重与生命力的表现深度。一种戏曲最感人心者莫非对人以及对人性的探讨与思索，在这方面婺剧要比采茶戏更胜一筹。

遗憾的是，我对故乡采茶戏的怀念也只是停留在童年的记忆中，因为诸如资金等的种种原因，现在江西的采茶戏基本是束之高阁，一般的老百姓鲜能问津，而婺剧由于受到我们地方政府的保护和发展，正蓬勃发展，在歌剧舞院，在广场戏台，在田间地头，婺剧遍地开花，欣欣向荣，婺剧的艺术魅力也越来越受到群众的喜欢和褒扬。

金华的劳动人民是喜好婺剧的，逢年过节，喜庆的时候都会"做戏"，做戏当然就是请上婺剧班子来给村人演上几出婺剧名段。

出于对婺剧的喜好，我时不时就向我的学生打听哪里有婺剧演出。一旦我知道了有婺剧演出的消息，我定会挤出时间去看上几个小时。几年下来我也断断续续看过《断桥》《对课》《拾玉镯》《辕门斩子》等传统剧目的演出，也对婺剧艺术的魅力产生了一次次心灵震撼。

两年前，我的孩子出生了，我把远在江西老家的母亲接到我这里，痴爱戏曲的母亲开始时喜欢听黄梅戏。我带她去听过一次婺剧，不想母亲一下就被婺剧征服了。现在母亲只要听到哪个村子有婺剧演出，她一定是早早准备好，携带孙子去听上一回。

我想，我是没有理由不爱婺剧的。母亲也是痴爱婺剧了，就连母亲背上的孩子将来也一定会喜爱婺剧的，要不怎么每次母亲带他去听婺剧的时候，他都会显得格外的乖，在母亲的背上静静地聆听？

遗忘的春天

朋友的鸿雁从南国飞来，第一句就问起了三年前我们一起栽种的那棵梧桐开花了没有，并询问我有没有去谛听梧桐花初绽的声音……

我猛然把头抬起，窗外的绿意直逼双眼，院子里的梧桐也早已花开满树。

还记得这棵梧桐树是我多次央求朋友从他老家带来的。带来时它还不到半米，我和朋友小心翼翼地把它栽种在院子里。那段时间，我们每天第一件事就是为梧桐浇水，每天傍晚我们坐在梧桐树旁边，畅想着梧桐花开的时候，一定要每天清晨来谛听它花开的声音。

后来，朋友在南国找了份工作，我也寻找到了现在的工作。

如今，梧桐早已茁壮成长到五六米高了。在暖阳的照耀下，成群的蜜蜂和蝴蝶正围着繁花舞蹈。哦，窗外的梧桐早已把春天的信息传给了我，我竟然把整个春天给忘了。

现在，生活在都市，匆匆穿行于纷繁喧嚣的大街，每天都在茫茫的车流和人流中挤出自己前行的空隙。虽然街道中央绿化带里的树也会发芽，落叶，但总感觉到它们在绿化工人的伺候下，失去生命的本色，它们犹如一根根塑胶的、钢铸的道具，永远常青常绿。城市里花也在人工的培养下，还没有等到花凋落，就换上了另一种开得正旺的品种，它们四季常开，只有花的灿烂，没有花的凋谢，体现不出生命的轮回，更没有蹀躞蜂围。

都市的我们似乎也早已淡忘了一年还有四季。我们大多数人只铭记上下班的时间，早缺乏了对季节的原始敏感。我们的季节凝固在时间轮盘的时针、分针和秒针上。我们的季节镶嵌在墙上挂的，手上戴的机械表里。轮盘上的时间就像都市人的脸，永远有一种不可抗拒的冷。机械表上的时间就像都市人的脚，除了匆匆还是匆匆。时间的早晚也失去了日升的朝气蓬勃，日落的浪漫温馨。

璀璨的灯火使得我们分辨不出都市白天和黑夜的界限。在各式灯光飞舞下，白的天、黑的夜混沌难开。一天的时间被我们单纯割裂成工作和睡觉这两块，顶多中间还有一块分给所谓的应酬。在时间的单纯轮换中，谁还会去关心草的成长，花的绽放。草草花花成了都市的一种摆设而已，就像目不识丁的人也喜欢在自己的书房摆上数本名著一样，都市人又有多少人会为叶绿而驻足，为花开而停留……

朋友信上最后说：春天是美的！

是啊，春天是美的！我们不应该把它遗忘。固然手头上还有很多很多要完成的事，我想我现在应该去院子里谛听梧桐花开的声音了。

乡村谎言

在赣中吉水老家，乡间一直流传着一些告诫孩子的话。这些话在成年人看来其实就是一些哄骗孩子的谎言，但这些谎言从祖祖辈辈一直流传至今。当年被大人哄骗的孩子成年后也开始哄骗自己的孩子。村里没有一个大人会把这些谎言说破，或许，这些谎言在他们心目中就是真言。没有人说破的谎言，祖祖辈辈都在说着的谎言经过时光的流传就成了真言(诤言)。乡村那些彰显先祖们睿智的谎言每每回忆起来是那么的温暖、那么香甜。

每年的春天，老家的漫山遍野都会开满鲜花，如彩锦般绚烂。这些花朴实而娇艳。一看到这些花，孩童们总会心花怒放，总免不了想摘上几朵。这时，如果大人在身边，肯定会说上一句："摘花会打破碗。"孩子的手也肯定会触电般缩回去。以前的乡间，一个碗是多么的金贵，吃饭时打破了碗肯定要受到父母的一阵暴打。打后，你还得乖乖地把碗的碎片拾掇好，等焗匠来的时候去把碗焗好再用。一听到"摘花会打破碗"，哪个孩子会不怕？其实，乡村的这句谎言是一种质朴的爱美之心。乡村人个个看上去是灰头土脸，但他们朴素的欣赏美的意识还是有的。与其让花枯在手间，还不如让花开在枝头。想想现在很多公园挂着的那些禁止摘花的宣传语，能有哪句像"摘花会打破碗"那样有速效呢？

乡村的孩子特调皮，破坏起东西来也特疯。但有一样他们不太敢触碰，那就是车秕谷的风车。即使孩子在偷偷地玩转手柄，但一听到大人们说："摇风车狗咬脚。"他们就会立即停下。其实，摇风车是个危险活，特别是对身材矮小的孩子来说，他们势单力薄，一不小心手就会随着摇柄滑到风车的叶片里。如果严重的话，手指会断裂，轻者也会擦伤筋骨。"摇风车狗咬脚"就是为了警示孩子们远离风车这项危险的活动。类似这句的还有"在家打雨伞长不高"，以前的雨伞金贵，孩子打雨伞玩容易弄破雨伞，也由于孩子矮小，打伞时整个人都被伞面遮蔽，根本看不清眼前的路，行走时撞伤，跌伤是很自然的事情。

乡村轮到谁家杀猪，那么整个家族就像过节。以前，猪头、猪内脏、猪尾等部件都由于骨头多油水少而遭人嫌弃。这些部件就成了整个家族子民的欢宴。孩子看到白白嫩嫩的猪髓就会争个不停。但大人一句"吃猪髓会长白发"，孩子的争吵声就会戛然而止。其实，猪髓都是高激素的东西，孩子们吃了会加速成长，对孩子的身体不利。这句谎言道出了大人们对孩子成长的关爱。类似的还有"吃鱼子（卵）不认得秤"和"吃孵鸡蛋嘴变臭"。关于"吃孵鸡蛋嘴变臭"在乡间，每到孵小鸡的时候，每家一般都会孵两窝，一窝不待小鸡出壳就煮食给男主人吃。年少的孩子肯定也哭着要吃上几颗。这时做母亲的就会说小孩子"吃孵鸡蛋嘴变臭"，长大后媳妇都讨不上。其实，以前家里根本买不起营养品，家里只是用这种方式给常年劳累的男人补充营养罢了。

相对于整个乡村谎言，以上只是沧海一粟。乡村谎言其实就像珍珠镶嵌在乡村生活的各个层面。这些谎言有百利而无一害，在岁月的长河中闪耀着迷人而又温馨的光芒。如今，随着城镇化建设的加快，农村人口的大量流失，那些美好的乡村谎言也终究会从源头上消失,消失在烟波浩渺的历史长河中。

乡间稻草人

在乡间田畴,稻草人是最常见的,在撒播种子时节,在稻谷金黄时节。微风吹拂,稻草人会远远地朝你挥手致意。

在鸟的眼里,稻草人是它们最恨的,稻草人待在一个地方一动不动,像主人忠实的奴仆,张牙舞爪。愤怒的鸟会用粪便做武器,像空对地导弹,把粪便狠狠地砸向稻草人的头顶,可惜的是不管导弹的威力有多么威猛,可就是射不穿稻草人头上的稻秸草帽,风一吹,稻草人依然挥动着长长的衣袖,迎风而舞。鸟很沮丧,只能远远地避着稻草人。

一次,我问爷爷,鸟儿这么怕稻草人,难道稻草人有生命吗?爷爷说,谁说稻草人没有生命?

每年谷雨过后,发出翠芽的谷粒就要被农民撒向平坦的秧床。春天的鸟儿历经寒冬的饥饿,会没命般扑向稻田。农民没有精力去和鸟儿战斗,农民找到了自己的代理人——稻草人去和鸟儿们斗,聪明的农民和鸟儿们打的是一场代理人战争,自己一年下来毫发无损。

每年早春,家家户户都要扎上几个稻草人。爷爷扎的稻草人总是全村最好的。爷爷每年冬天就要物色好扎稻草人的棍棒,爷爷说这是稻草人的骨骼,不能马虎。村里人都是很随意地选择柳树和陈年的松枝,爷爷选择的则是枯瘦的乌桕树或粗壮的木槿树。别人是弄好十字架后往上面捆上稻草,胡乱地穿上不整的旧衣衫。爷爷说稻草是稻草人的肌肉,要有型,于是爷爷用藤条把稻草人扎得有型有肉。爷爷给稻草人穿上厚重的长衣衫,腰间还要别上锃亮的铁皮腰带。

爷爷扎稻草人很慢，慢得母亲难以忍受。爷爷不理不睬，依然慢慢拾掇点缀。待把稻草人插在田畴后，爷爷才会心一笑。爷爷曾和我说过，谁扎的稻草人好，稻草人就能赶走更多贪嘴的鸟儿。谁用心去打扮稻草人，稻草人还会远远和你打招呼呢。每次，爷爷看到稻草人后都会眯着笑眼，这时我也会看到稻草人挥舞袖子朝爷爷呼喊。

爷爷说，稻草人不吃不喝却忠实守护着稻田，比有些人强啊！每次爷爷经过稻草人身边，都会很耐心地帮稻草人整理被风吹得凌乱的草帽和衣衫，有几次，我竟然发现爷爷和稻草人在窃窃耳语。

有一次，爷爷对村里一向慵懒的土根一阵大骂，骂的原因竟然是土根扎的稻草人松松垮垮的，没有一点人样。骂得土根莫名其妙。土根回嘴说，稻草人不就是个吓吓鸟的傀儡，还讲究个屁。爷爷愤怒了，跑到土根田里拔出稻草人就往家里走，土根是爷爷的侄子，一脸无奈地看着爷爷蹒跚离开。

第二天，人们发现土根家田里的稻草人比土根的婆娘都漂亮。土根二话没说，提起家里的一坛陈年米酒来到爷爷屋里。

爷爷离开我们也有十来年了，每次回到家乡看到田里的稻草人都会想起我那可爱的爷爷。如今，身处都市，很少见到富有灵性的稻草人了。

前些天，我和儿子到城郊散步，看到城郊有人竟然用些破损的塑料模特来赶鸟兽。可鸟儿一点都不惊惧这些缺胳膊短腿的模特。塑料模特的确很像人，可它毕竟只有人的形却没有人的魂，没有魂的模特怎能威慑到鸟兽？

稻草人的根基是泥土，乡土是稻草人灵魂皈依的所在。我想，稻草人永远只能生活在充满泥土味的广袤乡间。

纪念碑前的遐思

清明节前夕，驱车三十余里，来到这座小山前，怀着一份崇敬，揣着一种肃穆，我们拾级而上。在蓝天白云之下，在一片郁郁葱葱的大树之间，我们终于见到了那群英烈的静地——抗日战争烈士纪念碑。

烈士纪念碑建在一段山坳之上，很普通，普通得只是用几块大石头搭垒而成，可这些普普通通石块之下，静躺的却是一群爱国者的血肉身躯。这里远离热闹的市区，远离喧嚣的人群，这里没有城市的杂乱与繁复，这里只有清风，只有鲜花和树木，这里静穆压过任何一切的声响。

山静悄悄，树静悄悄，瞻仰的人群静悄悄。草木为之含悲，花鸟为之默泣。这里不需要任何语言，这里不需要任何的做作与客套，这里更排斥掌声与喝彩，这里要求的只是心灵的静默与虔诚。

点燃蜡烛，献上简单的供品，我们注视着这风剥雨蚀的大石块，看着大石块上简朴的雕塑，看着纪念碑上斑斑驳驳的字迹。在点燃蜡烛的烟与火的熏陶中，六十多年前的战争硝烟在脑海中冉冉而起。

那是水与火的悲壮年代，是在帝国主义铁蹄踏响中华大地的时刻，这群不甘民族耻辱的热血汉子，他们揭竿而起。喊出了驱逐外敌、民族独立的最强音！火淬炼他们的身躯，血凝聚他们钢铁的意志，面对鬼子的刺刀与杀戮，他们没有后退，顶着敌人的机枪与炮火，他们选择了前进！前进！

山岳为之动撼，日月为之失辉，他们抛自己的头颅抵制着外敌的入侵和蹂躏，他们洒自己的热血固守着寸土寸金的大好河山。虽然在敌人的炮火中他们不断地倒下，倒下，但倒下的只是肉体，站立起来的是民族屹立的精神！

黄河在怒吼，长江在怒吼，中华民族在怒吼，在怒吼声中我们的祖国终于吹响中华了民族独立的号角……

虽然他们在这里静悄悄地躺了六十多年了，虽然这里是一个静寂小山坳，但人们没有忘记他们。每年的不同时节，总有普通的人群三三两两来到这里，来这里瞻仰这群不朽的魂灵。

不知何时，碧蓝的天空竟下起了蒙蒙细雨，这雨丝随风飘荡，飘荡在草树上，飘荡在鲜花上，飘荡在屹立的纪念碑上，也飘荡在我们瞻仰者的心中……

晨曦中的期盼

冬春交接。天气并没有想象中的春暖花开。春寒料峭，淅淅沥沥的春雨更增添了些许寒意。

这些天，由于家里的汽车归爱人使用，我不得不每天早上6点前起床，匆匆忙忙洗刷完毕后去赶公交车。家里离单位虽然不远，但要转一次车，而且去单位的车子只有两路，这两路公交车班次间隔时间久。我不得不每天提前多时去公交站点等候。

清晨，天色暗淡，我拖着臃肿的身子火急火燎赶往公交站点。在路旁的一棵树下，我竟然发觉两团黑乎乎蠕动的影子。我心跳陡然加快，脚不由得钉在原地。

前面的蠕动的影子会是什么？

是狗？是乞丐？是野兽？……

我不断地揣测。到底是什么呢？树底下的黑影一直在动，伴随着窸窸窣窣的声响。

我突然想起，报纸上说我们小区有人看到过野狼的出没。由于我们小区是没有围墙的开放性小区，而且小区又靠近城郊的丛林。报纸上说由于我市封山育林效果好，出现野狼和野豹都是有可能的。

面对眼前的黑影，我不由得往后退缩了几步。

幸好，我听到了清洁工扫地的声音由远而近。此时，扫把与大地的摩擦声成了我最亲切的声音。很快，我就看到了一位穿着黄色上衣的清洁工跟着扫帚沙沙的声音而来。

我平添了一分勇气，趋步朝黑影挪去。树下的黑影依旧在动。渐渐地，我听到了呵气与跺脚的声音。

我才发觉原来是两个人。我胆怯的心绪遁逃。

待我走到树下，看到的竟然是两个男孩。这两个孩子紧紧相拥在一起，嘴上呵着白气，脚不断地跺着。我真想骂上他们几句，这么早，这么冷，在这里装神弄鬼干什么。

但我一看到他们背上沉重的书本，就知道他们也是准备搭车的学生。

我和他们搭讪。问他们为什么早就来这里等车。高个儿男孩说："我们在民工学校读书。民工学校的校车早上要去接很多很多的孩子。所以一部分孩子要提早至少三四个小时来路边等。"矮个儿男孩说："我们离学校最远，所以学校要我们最早起来等校车。"

我看了一下手表，时间才6点出头。此时天空还一片漆黑，寒气还肆虐着大地，只有路灯在头顶发出稀薄而惨白的光芒。

整个城市还沉醉在酣睡中，这两个孩子却早已在树下苦苦期盼多时。

高个儿子男孩说："车子早一点来多好啊，这天气真冷啊。"矮个儿男孩说道："想得美，除非你家里爸爸有汽车。"高个儿子男孩说："就我爸爸这点工钱，猴年马月才能买车啊。"高个儿男孩狠狠地跺了一下脚，脚下的积水朝四周逃逸。

他们停止了交谈。为了赶车，我也匆匆和他们作别。此时，清洁工跟着扫帚沙沙的声渐行渐远，最后消失在街的尽头。

当我踏上开着暖气的公交车的时候，回眸树下，两个身影还在剧烈地蠕动着，此时，车窗外晨曦微露。

那微笑，那歌声

难忘那微笑。

还是两年前，参加进城考试，考进了城区一所名校，但由于先前对这所学校没有好感，我内心生发出一种原始的排斥情绪。在别人的祝贺声中，我却沮丧万分。

或许心魔作祟，在新的学校我总是格格不入，也难以融入新的人际体系中。我的沮丧感愈演愈烈，我跌入了苦闷的泥淖中，甚至有了辞职的念想。

那段时间，我每天醒来最痛苦的莫过于去学校上班。

一个冬天的早晨，带着倦意我像往常一样赶往学校。在我路过房子拐角处的时候，小区的清洁工竟然对我微微而笑。垃圾车里已经堆满垃圾，她或许已经清扫好了数条街，她正坐在一块大石块旁休息。我纳闷，她肯定是把我误作了她的某个熟人而已。

第二天，经过同一路段的时候，我又看到了她在这块大石块旁休息。路过她身旁的时候，她依然投过了一丝微笑。我仔细地观察她，头发发白，身材单薄，是位近五十岁的妇人。最显著的是她的脸，有轻微的变形，眼睛斜拉，嘴角歪咧。

她把扫帚搁在石块上，双手捧着一块生硬馒头，边啃边朝我微笑。

她的微笑就是绽放在我冰冷荒野上的报春花，让我感受到春天的到来。

当我熟悉了她的微笑后，我就再也没有见过她。一年下来，我曾经有意识寻找她，但没有如愿。我经常遇到的是一位老年男性清洁工。或许，她已离开我们小区。

感恩那歌声。

我一向嗜睡，尤其贪恋早晨的睡眠，所以对学校安排7点就开始的早读深恶痛绝。特别是冬天早晨，每天从被窝钻出来后对我来说都是困顿，我就好像坠入了地狱的深渊。

直到那天，一缕声音从食堂的卖饭窗口飘出。

以前每个早晨，在食堂吃饭的老师都是带着惺忪睡眼，吃早餐也是抑郁着，仿佛还沉醉在酣睡中，人与人之间极少进行言语的交流。

音乐如水，沐浴全身。音乐洗去了每个人脸上的疲惫。让每个人脸上都绽开了温馨的太阳花。

我们发现，音乐是那位卖早点的师傅用手机放出来的。由于手机不够高端，声音不够纯美甚至伴随有沙哑。但我们却感觉到清新如原唱。师傅年纪也近五十，脸上堆积着厚厚的皱纹，但师傅却很时尚，从他手机中流出来的音乐都是最流行的。跳动的旋律，激情的歌声每天清晨都在食堂里回荡。

一想，食堂里的师傅们凌晨三点左右就要起来开始准备师生的早餐，那时，夜色是多么苍茫啊。直到六点后才迎接师生的到来，其间劳作的单调和辛苦不言而喻。师傅用歌声迎接新的一天，也用歌声来迎接我们的到来，这是多么让人振奋人心的事情啊。

用歌声迎接新的黎明，再阴霾的天空也会绽放出万道金光的。

生活中有沮丧，有困顿，有微笑，有歌声。卸下沮丧，清空困顿，在微笑中，让我们踏歌而行。

旧 人 新 情

　　阔别几年后，我借道原来工作过的小镇，在街上碰到了曾经单位的门卫老汪。出乎意料的是我和他竟然握起了手，甚至像旧友重逢般亲切寒暄，离别时我们还礼节性地邀请彼此去对方家里做客。

　　恍然如梦啊，要是在几年前，此情此景是万万不可能出现的。

　　老汪是我待在原来单位的第二位门卫，也是让我难以名状的一位门卫。

　　那时，我开始爱上写作，订阅的报刊林林总总有十来份，并且常有书信来往，这些都是门卫老汪负责送递的。或许是我东西太多的缘故吧，老汪对我的态度极度厌烦，给我送信时总是一副愤愤然的样子。对此，我深表理解，门卫工作较烦琐，而我的书报和信件无形中增添了他的辛劳。

　　写作第二年，我发表的文字多了起来，每隔几天就有稿费单送达。开始的时候，老汪见我发表文章赚取了稿费总是眯眯直笑，随着我的稿费单愈来愈多，老汪的情绪也愈来愈坏。或许由于稿费单手续比报刊信件更烦琐，邮递员要他签章和多次跑腿；也或许他心里有巨大落差，因为我每个月的稿费竟然超过他的工资。于是，每次送我的稿费单的时候，他都会说上一句："这么多钱，你用得完？"老汪总是带着那种酸溜溜的讥讽口吻。

　　每次听到他的冷嘲热讽我都有停笔不写文章、不赚稿费的冲动，但那时我和爱人两地分居，每次周末往返爱人单位都要近百元的车费。我赚的稿费是为了补贴车费的消耗。老汪的态度让我极度郁闷。

　　有一次，他在路上看到我，稿费单像废纸一样老远就朝我抛来。一沓稿费单像一枚枚颓废的绿叶散落在地。我心里愤怒到了极点，但怕他以后无故销毁我用心血换来的稿费单，我还是低头哈腰从地上捡起稿费单，并且向他连说谢谢。

我感觉被羞辱到了极点，而且竟然是被一个临时工门卫。说实在的，那时我在单位里，在领导面前我都不会有如此卑贱的态度。为了表达我的愤怒，背地里我骂他汪狗，看门狗。

善解人意的爱人劝我，年前你去买桶油送给他吧。连续几年，每到年前我都会从商场买回一桶食用油送给他。这之后，他重新开始对我和颜悦色了，送稿费单的时候恢复了笑眯眯的表情。

但过了不到两个月，他的态度又反转过来，一副厌烦的样子。我那时在单位从来没有送礼物给同事的先例，但对门卫老汪，我却选择了忍气吞声的"恭敬"。

五年后，由于单位负责人更换，老汪要离开了。老汪离开后就没有见到过他，有人说他回到农村老家去了。老汪离开一年后，我也调动到了邻市的新单位。

如今再次相逢，原先彼此的怨气早已烟消雾散，想来也真是匪夷所思。

岁月如水，尘埃尽涤，旧人亦能生新情。在生活中，我们都会遇到形形色色的"恶人"，与其怀恨在心，不如丢弃前行，怀揣善良上路。坚信：道路前方会和美如初。

第二辑 / **古镇夜雨**

古 镇 夜 雨

旅居在浙中兰溪市游埠这个千年古镇的老街上。时空穿梭着历史的尘埃,古镇演绎着重重的记忆与辉煌。在暮色渐浓的黄昏中,古镇犹如饱经沧桑的老妪,穿着布满皱褶的绸缎,在胡同口诉说着青春的亮丽与梦幻。

溪水潺潺沿老街蜿蜒蛇行,几经曲折几经回荡之后,溯河而下,经衢江,沿钱塘,直奔东海,带着古镇的厚重,带着古镇人的质朴。

下雨了,带着梅雨的缠绵,在鸦驮夕阳之后,点点滴滴,轻声细语般敲打在青石板铺就的街道上。黄昏的灯光次第绽放,在夜幕中,橘黄朵朵,把一排又一排老屋的影子拉得老长老长。时而有撑着一把雨伞的行人匆匆而过,归家的心在巷口间穿梭。

在漆黑似墨的门板屋前,老房子醉魔魔的,在对岸高楼林立的大道旁,老街恍如隔世的旧梦。沿着老街,在斑驳的卵石路上,古朴的世风迎面而来,先贤故人应约而至:五代贯休的罗汉画作凌空展出,清朝李渔的闲情戏曲随风而舞,近代郎静山的相机咔嚓作响……

茶馆是老街一道永不褪色的风景,游埠老街的茶馆沿溪回旋排开,鳞次栉比。长板凳,八仙桌,大嘴壶,它们传唱着古镇一段段的历史,一页页的传说。白天热闹过后,此时已是人去馆空,但在白天喝茶时讲过的那些历史传说还在茶馆的屋脊上萦绕着,久久难息,或飘荡在一墙之隔的溪水中,随波轻荡。茶馆外,缕缕细雨打在各式铜制的、木制的古镇茶馆招牌上,苍劲的墨迹熠熠生辉。

老街上的人家都爱侍弄花草,哪怕是居住的空隙似螺壳,他们也要荡开出一个道场来栽花种草。巷子的拐角处,谁家园子的栀子花终于耐不住寂寞,把脖子偷偷溜出栅栏，袒露着自己的清香，引诱着夜行的过客，使整个巷子在芬芳中颤抖。

偶尔，有夜归的汉子砰砰的敲门声，他们用低低的嗓音呼喊着妇人的名字。"叽嘎"门开了，里面传来了柔和的絮絮音，有埋怨更有疼爱，温馨从木制的窗棂溢出，使整个巷子的路都软绵绵的。

数声犬吠，打破了夜的空寂，几只狗儿在巷口转悠。它们在找寻着什么，难道在夜色中，是白天嬉戏的雅兴难消，还是什么让它们难舍？抑或在守候远方主人的暮归？犬声在夜色中，随着悠长的巷子弥漫着，越传越远，缥缈而又绵长。

在巷子深处的一个拐角处，夜宵摊点上人影憧憧，雨打在临时搭建的雨篷上，乒乒作响，上夜班归来的几个年轻的后生觥筹交错，在谈笑风生中，延续着白天的创业激情与壮志，栖息在附近树上的夜莺被他们的豪情所感染，歌喉急展，婉转空灵。

溪的两岸，太平桥、永福桥、永安桥、永济桥和潦溪桥五座古桥雄跨，这五座古石桥都建于清朝年间，站在高高耸立的大桥上，历史的沧桑与现代的变幻双面夹击。左手是老城，右手是新区，一半是古典一半是现代。老街居左，新区站右，古桥一手搀扶垂暮的老者，一手牵着茁壮的少年，两者谁都不能舍弃。

夜风伴着细雨迎面吹拂，溪畔的树影婆娑，雨打芭蕉，杨柳含情，更有那水中的灯光的倒影点点，恍惚中犹如夜渔的灯火，载着梦想与憧憬悠然荡漾。夜色渐渐浓了，随着一声声木门关闭的吱呀声，老街渐渐进入了夜的梦乡。静谧的夜，狭窄的胡同躺在雨帘中，开始了它们一天劳累后的酣睡。在安详的古镇老街雨夜中，放慢匆匆的步履，你已不是过客，是归人。

# 渐行渐远的母校

回到老家,忽然想起应该去村小看看了。从村小毕业后,真正意义上回村小看看是没有的,虽然村小就在我们村上,离我们家也只有一里之遥。

母亲告诉我,村上的小学早就搬迁了,搬到一幢新建的,漂亮的房子去了。母亲问我去哪个村小?

我回的村小当然应该是以前我读书时的村小,因为在它这里我才能够找到自己想要的东西。母亲接着说,原来的村小还在,只是不再是学校了,学校搬迁后,村里把它卖给了村上的几户人家当住房了。

但我还是想去看看,毕竟我在这里生活了我一生中最快乐的6年小学生活。

从家的后门出来,在巷子里穿梭,巷子是原来的巷子,人却不是以前那个活蹦乱跳,无忧无虑的人了。每个幽深的巷子都留下过上学的足迹,如今这些足迹早已难觅,对成年的我,这些长长的巷子也显得逼压压的,有种呼吸困难的感觉。

几分钟的时间,我就伫立在村小的门口了。红砖砌就的围墙还是原来的半包围结构。围墙上挂满了丝瓜的藤条,柳树长长的枝杈也从围墙里向外溢出。大门紧锁着,或许是住在里面的人家出去干农活了。

透过两米来高的围墙,我只能看到学校的主楼的屋顶,黑瓦粉墙依旧,只是红漆的大门早已斑斑点点,像垂老妇人的脸。

这就是我的母校,生活了6年的母校,当我站在它面前时,一种恍如隔世的感觉涌上心头。近20年过去了,那个曾经背着花布书包的小孩子现在已经是站在30岁的门槛。那个曾经被老师批评或夸耀的孩子如今也在批评和夸耀他的学生了。

回溯到20余年的门口，谁能遥想这里出去的每一个孩子的命运？就是和我一起的同班同学现在也是天各一方，有的已是阴阳两隔了。

学校的主楼孤零零地立在围墙之中，曾经热闹的教室、操场、楼梯口静悄悄的。学校四周也由于房子无人居住而日渐寂静。没有孩子的地方，世界将会是一片荒漠。新的学校建起来了，这里的老师孩子都高高兴兴地搬走了。新的地方产生了，谁还会眷顾老旧的地方？眼前这座学校是寂寞的，它送走了一拨一拨的孩子后，最后留给自己的却是孤寂与荒凉。

楼还是原来的楼，门还是原来的门，窗还是原来的窗，楼梯，扶栏，操场依旧，只是岁月都给它们笼上了一层碳漆，教学楼也像一个老妇，在斜阳下，曾经的亮丽青春一步一步离它远去。

童年最可忆，最应忆的应是小学灿烂的时光，站在村小的门口，曾经生活的点点滴滴，涌在心间，从教学楼最左边一间的一年级读到最右边的六年级，其间六年的学习生活是漫长的，可又是多么短暂，短暂得如过眼云烟。曾经的同学不见了，曾经的老师也纷纷离开了，即使在新的校区，教过我们的老师退休的退休了，年轻的也都转校了。

我想每一个人都会有怀旧的情节。每个孩子离开母校的时候，都会想方设法在曾经待过的地方留下记号，或是在墙壁上刻下自己名字的深深痕迹，或是在相伴多年的书桌上留下重重一笔墨迹。这都是一种怀旧，期待有朝一日，自己能够回来，回来能看到自己熟悉的东西，当然一个人最熟悉的东西莫过于自己的名字了，所以这也是学校里每张桌子上，墙壁上都或多或少会留下名字痕迹的缘故，这不是单纯意义上的破坏，而是一种潜意识的怀旧，这种怀旧是最值得尊重的。

记号每个人或多或少是会留下的，只是能够再回来找寻的人却是少之又少。在滚滚红尘中，一次短暂的回眸往往需要很大的勇气。

如今我回来了，可挡在我面前的却是一把厚重的锁。我只能够从门缝里透视曾经的一切。我感觉自己是没有母校的人了。当你站在母校门口的时候，迎接你的是一把锁或曾经的母校已改作他用，你会感到自己很沮丧。有母校不回

顶多会留下一种遗憾，没有母校可回的人却是世上最可怜的人！

可现在，祖国的大地上，学校兼并、重组的高潮涌动，该合并的，搬迁的，撤调的，都进行过了。小学撤了，中学并了，大学也改名了，我们仿佛一夜之间就变成了一个没有母校的人了，学校生涯的一切仿佛让别人一个简单的决策，就被抹个精光。

或许，母校只能生活在记忆中，找寻母校的过程永远会是一次伤心之旅。

怀念一个叫洋港的村庄

在江南水乡，我路过的村庄很多，但基本是匆匆而过，值得我怀念的只有枕河而居的洋港。

在我工作的浙中游埠镇，很多时候我情绪特坏，有种想强烈奔逐的欲望。只要晚上无课，我定会骑上脚踏车狂飙。以我所在学校为圆点，夸父逐日般或无业游民般朝每一条路逃窜、奔突。

一天，我竟然流窜到了一个叫洋港的临江小村。让我欢喜的是，洋港村口，有两排整齐划一的行道树，它们是笔直的松柏，浓荫匝地，华冠蔽日。枝蔓随风摇曳、葱翠如玉。看到有迎宾树的洋港，我就知道我漫无目的奔突史要结束了。

洋港是优越的。杭金衢高速从它的头顶跨越，衢江从它的身畔流淌。高速喧嚣，江水恬静。高速现代，河水古典。两种风格迥异的交通在它胸前交会，融合。衢江和高速交错，犹如两条立体相交的直线。它们形成天然的六十度夹角，而洋港就像个孩子甜蜜、安逸地躺在夹角怀抱里。

令我陶醉的还是洋港河畔那块平坦的草地。去洋港，我喜欢把脚踏车支在河堤上，急速滑下陡坡，然后在草地上躺下。芳草如茵，野花多姿，远远望去，就像一条绿绒毯上镶嵌了数朵素雅的小花。绒毯上还有几条硕大的水牛悠闲啃草或休憩。它们是毛毯勤恳的整修者，没有它们，草会恣肆疯长。我敢相信，由于我的多次光临，那几条褐色毛发水牛肯定把我当作了朋友。

我有时会带上一本杂志，因为我觉得躺在草地上读书远比坐在桌子旁舒坦，正襟危坐读书只会使人疲惫交加，毫无惬意可言。在草地上读累了可以立马躺下和青草耳语。或抬头看天，眺望远处如黛的九峰山脉。也可以来到河岸，像孩童般捡石块打水漂。看渔人摇舟，撒网捕鱼。或听水鸟和着水流的鸣叫声，或听捣衣妇"噗噗""当当"的捣衣声。

更多的时候，我在草地上傻坐、思忖。我容易浮躁。当我浮躁时，我就静静品读眼前这条亘古不息、永远朝前的河流，让澄澈河水洗涤蒙尘的心灵，给予我淡泊明净。我也容易固步不前。当我固步不前时，我就眺望长虹雄越的高速路，随飘逝而过的汽车把我的目光带到大都市，让闹腾与开放的城市给予我灵动与奋争。

有一天，躺在草地上我竟然突发奇想，身边的衢江和养育我的赣江有联系吗？我查阅相关资料。让我沮丧的是，我竟然发现两者在地理上并没有任何渊源。我开始明白，我迟早要离开这个乡村了。虽然我知道这个乡村头顶上日夜轰鸣的高速往西南方向，几经转折后是可以到达赣江边上，但我还是喜欢如血脉流动的河水。

直到我离开这条河一段日子后，我才发现衢江（还有我现在所在的义乌江）是和赣江有渊源的。虽然地面没有，但空中有。根据气象变化，衢江的水蒸发幻化成云往西漂移会凝变成水落到赣江。反之，赣江的水会落到衢江的，就像跨越千山万水只身从赣江边来到衢江边的我。根据地质构造，用肉眼无法看到的地下水系肯定也会相通相连的，因为国家的山河永远是一脉传承的。所以，不管一个人身处何方，有山水相依，异乡都就能变成故乡。可惜，懵懂的我离开衢江后才明白这个浅显的道理。

或许只有离开了才会产生怀念。我怀念洋港这个小村庄，是它让我亲近了青青的草地与哗哗的河水。怀念洋港,一个有着现代高速与古典河水纵横交错的江南小村庄。

 巷 弄 巷 口

老屋出口是条巷弄,巷弄由两幢醉迷的老屋错位相夹,外大里小,成喇叭状。老屋身后是土坡和碎石山,巷弄是我们家唯一出口。大人,幼童,还有院子里的家禽等的进出都是经过这条巷弄。这条巷弄也是大部分村里人进出的必经之路。

巷弄的喇叭口朝外,连着两条路:一条往左,是通往田野的密布碎石的泥土路,泥土路通往村里庄稼地;一条往右,是通往村口的铺满沙子的乡间马路,马路是村里、镇里进城的主干道。

巷弄朝外的喇叭口处是巷口。很早以前,就有人用石块在巷口砌了一排散乱的石凳。石凳一溜儿排开,很多时候,石凳上总是端坐些村里的老人和小孩,他们在巷口讲述些稀奇古怪的村里村外逸事野史。

那时,我也喜欢坐在巷口的石凳上,但我不喜欢喧闹,我喜欢观察,巷口成了我观察生活的最佳位置。每天清晨,我看着手提肩扛的父母穿过巷弄,经过巷口后往左走,朝绿油油的庄稼地走去。每天黄昏,我坐在巷口,双手托着下巴,在霞光中,等待父母从暮色的田野归来。

清晨,每次母亲通过巷弄去田野的时候,我总会拽着母亲的衣角,到了巷口才恋恋地松开,我知道一旦松手,母亲就会好像被谁欺负般疲惫不堪地回来。黄昏,远远看到父母的影子从土路上映来,我就会从石凳上蹿起来,跑向母亲的怀抱,我喜欢母亲把我抱起来,在小伙伴羡慕的目光中穿越巷弄,虽然这时的母亲

很疲惫。

巷弄两边是高高的土墙，经过岁月的浸埋，土墙裂缝虬曲，在隙缝间瓦棱草见缝生长。屋顶上，堆积了厚厚的枯枝败叶。屋檐下几株枯瘦的乌桕树摇曳其上，仿佛从来没有见它们长高过。虽然高墙斑驳颓废，但土墙形成的巷弄很奇特。刮风时，瓦棱草左右摇摆，欲坠不坠。乌桕树枝像锈迹斑斑的铁丝，在风中高歌或战栗。由于巷弄朝向合理，这里冬天是个极佳的避风港，夏天是个乘凉的圣地。

巷弄的人进进出出：有人出得颓唐进得精神，有人出得精神进得颓唐，有人出进都颓唐，有人出进都精神。经过巷弄是短暂的，一两分钟，离开巷口却是漫长的，有时半天，有时一天，一年，也有人出去了永远不会回来，比如那些终老上山的老人和客死异乡的村人。

巷弄见证了一个人的成长，巷弄也看着一个人的老去。巷弄就是一个时间的老人，睥睨着穿过身躯的各色人物。巷弄应该很老了，曾祖父、祖父、父亲、我，我的儿子都曾在墙壁上留下过无数道影子。没人能记清楚穿过巷弄的次数，也许每一个人穿过巷弄的次数都是定数，但这个定数却是一个秘密，这个秘密的谜底或许只有墙壁上的瓦棱草和屋檐下的乌桕树知道，可它们沉默寡言。

小时候我端坐在巷弄口，学龄后我穿过巷弄去村里的小学读书，上初中时我穿过巷弄去乡里的初中，上高中时我穿过巷弄去县城，上大学时穿过巷弄去市里，如今，我每年年初穿过巷弄前往外省上班。我一步步离巷弄越来越遥远。可我的心却时不时在暗夜里偷偷溜回巷弄闲逛。

巷弄如一个时间隧道，见证祖先、父辈和我的成长。每次经过巷弄，离开巷口，我都会回望巷口，巷弄。还没有远离，我就会默念：我什么时候再次回到巷口，巷弄？

如今，我们兄妹四人都在外面工作，老家只剩下花甲的双亲。每次我们回老家前，年迈的双亲都会端坐在巷口的石凳上等着我们回来，就像小时候我们期盼他们从田野里归来，现在等待的人变了，轮到他们期盼我们从右边路上的"田野"归来。

　　我每次都是擦着年关才能回家。我想，每年这个时候，不管是清晨还是黄昏，父母肯定会坐在巷口，远眺右边那条通往县城的马路，寻觅着儿子回来的身影。崎岖的路，是连接着远在他乡孩子们回来的路；望眼欲穿的路，是母亲期盼一家和和睦睦团圆的路。

　　巷口的张望有过我少时的期盼。巷口的张望如今寄托了父母对儿女的牵挂。空旷的巷口，是能最早捕捉到亲人依稀身影的所在，巷口成了一辈辈村人寄托情思的所在。

　　巷弄，巷口，你们是连接着村人与村庄的脐带，是连接长辈与晚辈相互眷顾的心链。游子走得再高、再远，血脉涌动的脐带都会时时刻刻涌荡彼此的心田。

童年的池塘

　　还没有放暑假前，儿子就整天吵着要我在这个假期一定要教会他游泳。一说到游泳，我就想起了农村老家那澄清的池塘，那里是学游泳最好不过的地方。

　　暑假第一天，买好了游泳的各种用具后，我们全家就踏上了回老家的车。在车上，我回忆起了自己童年时在家乡池塘里的种种趣事。

　　在城里，想学游泳还要花钱到专门的游泳馆里去学，比起城里的孩子，农家孩子游泳个个是无师自通，技术了得，原因就是农村有数不清的池塘可以供孩子们练习。我现在能拥有娴熟的游泳技巧，还要多感谢老家那口池塘。

　　老家那口池塘有一个好听的名字：秧溪。记忆中，它宛如一位美少女，冰洁玉清。每到炎夏，它就伸出双手来迎接我们这群顽皮的农家娃。秧溪池塘的水不甚深但很宽广，在这里你可以无所顾忌地摆弄各种游泳的姿态：蛙泳，蝶泳，仰泳,扎猛子等;还可以在浅水区打水仗,在荷叶丛中捉迷藏、嚼莲子;更有趣的是在深水里抓鱼虾,在塘岸边觅老龟。玩累了可以爬上池塘畔的垂柳上休憩。池塘畔有一排长长的垂柳沿塘岸蜿蜒而立,它们垂着长须,像一群慈祥的老爷爷,随时准备把玩累了的孩子搂在怀里。胆子大的伙伴还可以爬上树干来个三米跳台,多刺激!

乡村的夏天永远属于孩子,孩子的夏天则全部奉献给了池塘,记忆中童年夏天的种种乐趣与这个池塘的水世界是永不可分割的……

一个刹车,到老家了。还没有喝上一杯茶,我们全家就迫不及待朝村口的池塘走去。母亲见我们拿着游泳圈往外面跑,很惊讶。

我们来到村头那口我小时候曾经嬉戏过的池塘,但我却一下子傻眼了。整个池塘脏兮兮的,水面上漂浮着一些垃圾袋,废弃的塑料瓶,水质发黑,散发出一股恶臭味。池塘中田田的荷叶没有了踪迹,池塘畔的那些垂柳也只剩下一些枯枝败叶。水的灵动,鱼的生机已是荡然无存。

我蒙了,这难道就是我记忆中的池塘?这里就是我小时候夏日里的天堂?记忆中的池塘永远是青碧如玉,可现在……

儿子站在池塘边,赶紧捂住鼻子,嘴巴不断说:臭死啦! 臭死啦!

这时,母亲也跟过来了,她知道了我们的难堪。母亲告诉我们:村里现在有几家小型工厂,污水都往里面排放,村里人也知道这污水的危害,可没有那几个工厂,村里的收入哪里来?嗨! 好久没有人敢在这个池塘游泳了,全村的男人、孩子现在都是在家里用井水洗澡了……

在家里洗澡哪里还有游泳的乐趣?这不就跟城里在自来水下洗澡一样吗?

第二天,在母亲再三挽留下,我们还是仓皇逃离了老家。童年夏天的美好记忆随着车子远离乡村而远离。

江南古城韵

　　江南的古城遍地都是，在浙中，兰溪的古城是个不该遗落的地方。兰溪的古城不绵长，似乎只有短短的一两里，局促、小家碧玉，像一幅没有尽情展开的水墨画，看到一半却拦腰断裂。又像一扇欲开未开，欲闭还闭的农家小院的篱笆门。古城格局细微，风味独韵。一到兰城，古城像少女，用素媚浅笑引诱着我。逛兰城，不去古城，心里总有一份亏欠，有一种未了的结。

　　去古城走走，用最轻盈的步伐，换上宽松的便装，孤了一人，左顾右盼，缓缓而行。

　　跨越古城显耀的城门，古典的气息定会扑面而至、拥人入怀。恍兮惚兮，一脚还在现代，一脚已踏入幽邃的古典。隔着历史与现代的薄纸轻易捅破，时空在这里嬗变、交错。前脚一踏上青石板，背后的繁华大街便遁逃而去。远离车马的喧嚣，远离人事的繁杂，古城犹如城市的桃源，隐者牧游其间。轻踏斑驳的青石板过道，炭黑的木头屋闯入眼帘，在漆黑纹理中，岁月的沧桑定格成一种富足。矗立在一旁的仿古城楼显赫而气派，犹如一群老妪，慈祥布满面孔，在一翕一合仰息之间，散发出恬静的祥和。

　　古城是一个琳琅的复古小世界，仿佛把百年的历史浓缩在你眼前。古董铺子，算命摊，旧书店，花鸟草虫鱼等应接不暇。它们都在复古着一段或清或明或更久远的朝代。古董摊前散落的某一枚古钱币，或许正默默诉说着某个朝代的兴衰荣辱。某块不起眼的秦砖汉瓦，也许在静静回味曾经的繁华与辉煌。一枚铜镜，一卷线装古书肯定在倾诉着一个朝代的悲欢离合，演绎着战乱纷飞的历史传奇。

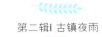

与古城相连的是一条条逼仄的小巷。小巷古朴、悠远,清纯得可人。巷子像一条条小溪涌向古城,去赴一场前世今生的古典之约。移步小巷,猩红的对联耀眼在黯黑的门板之上,惊艳如血、墨疾暗香。凝重的笔墨拴住了久远的时光,让时光在巷子里徘徊、回溯。

一街之隔的是澎湃汹涌的兰江。兰江在古城身畔激流而过。一去经年,兰江之水与古朴之城不离不弃,相依相随。日日夜夜、夜夜日日,兰江在古城的耳畔轻言软语。清晨,汽笛声声,在现代版的渔歌互答中,古城与兰江演绎着不朽的旧梦。

穿越古城,时间很短;穿越古城,历史悠长。古城,镶嵌在兰江之畔的深远回眸。历史的遗魂,不朽的古城。

初登仙华山

几年前,朋友邀请我去浙江省浦江县游览江南第一家时,我就对号称"江南第一仙山"的仙华山艳羡不已,无奈由于时间不允,我只能在数十里远的地方垫脚仰观,而不可近距离来"亵玩"焉。

如今一位朋友相邀,终于可以拜谒仙华山了。

"山不在高,有仙则名。"从事教师职业的我,每次教《陋室铭》这篇短文的时候,我就怀疑我那唐代刘家先祖禹锡先生写这句的时候肯定游览过仙华山的,不然他何以能写出如此切合仙华山的佳句?

仙华山远没有五岳之尊泰山的巍峨,近没有地质公园三清山的俊秀,仙华山最高峰也只有海拔720.8米,可它却以小家碧玉般的仙气和灵气,飘逸在浙中浦江这块善于创造神奇的热土上,这是浦江之幸,亦是浙中之幸。

　　仙华山是能给人带来仙气的，还没有登山之前，车里的文友们就跃跃欲试，都想最早登临山巅，去触摸仙华山的仙气。一到登山入口处，他们不甘示弱，个个像激走在沙漠中的勇士。几个年纪稍长者也老夫聊发少年狂，除了自己往上登，还在危险处帮年轻的女士背包提袋，弄得大喘粗气的我汗颜不止。

　　一文友戏说，这里本来就是女子成仙的地方，我们怎能不好好对待女同胞？一旦她们真成仙了，我们巴结都来不及了哦。是啊，女子在这里成仙是有先例的，轩辕黄帝的少女就是在这里得道成仙的，还有传说中七仙女下凡也是在仙华山的。怪不得女同胞在攀登群山时总是神采飞扬，毫无倦怠之感。莫非得到仙气了？在半山腰，我们男士已累得够呛了，但女同胞愈攀愈勇，始终在前方引领着我们。一路走来，在"仙女们"的引力下，在仙华山迷离的山影树荫中，我们一直氤氲在仙气中不能自拔。

　　登山则情满于山。登仙华则灵气满于怀。仙华山是独特的，它山灵，石异，树俊，花沁。每到一处你都仿佛置身一幅阔大的中国水墨画中，人也成了画中最灵异的一景。文友们每到一处，都纷纷留影纪念，或想把仙华山的一草一木，一虫一鸟，一云一岚的灵气摄入镜中，或想把仙华山一峰一壑，一潭一泉，一石一亭的灵气摄入心胸，把它们变成自己内心的丘壑。这样的话，以后写文章再也不疙疙瘩瘩，而像清泉从仙华山的中峰之上疾驰而下，灵气溢山，灵气盈怀。

　　从八卦广场出发，我们一路默叹，一路造访。从中峰下来，我们一路造访，一路默叹。仙华山的仙气和灵气一直悬浮在我们周围。待出山门时，梧桐树上的孔雀又吸引了我们的目光。俗话说：栽得梧桐树，引来金凤凰。我认为单单是几棵普通的梧桐是不够的，我想一定是仙华山的仙气和灵气把它们引来并留驻。你认为呢？

　　明代时，我的先祖刘伯温先生就赞过：仙华杰出最怪异，望之如云浮太空。不才后辈我也想凑一句：仙华杰出最怪异，只因仙气加灵气。拾先祖牙慧，我不知道伯温先祖会不会怪罪我这不肖子孙。也罢，敢说总比不说好，而且这也是我初登仙华山的真实感受。

 # 春 季 听 雨

　　雨总是春天的初恋情人，难分亦难舍、难弃也难离。在过度缠绵悱恻的雨季里，可以做的事情很少，不可以做的事情却太多。

　　选择一个春雨淅沥的下午，驱车前往浙江兰溪市白露山风景区的荫坑垅。在一条明澈小溪的牵引下，沿着田间曲折的细石小路，我们渐行渐快。路旁烟柳婆娑，白杨迎风，田里金黄油菜花更是暗香盈鼻。村回路转，几折几曲之后，山脚远望，烟雨朦胧、绿荫掩映下的荫坑垅恍如仙宫。待到山腰凝视，山庄又像一个久居深山的村姑，洁面朝天，朴素得让人想入非非。在春色的沐浴下，整个荫坑垅山庄携露带雨，天然动人，惹得谁都想亲吻一口。

　　在雨天，在幽静的山谷，在依山而建的荫坑垅山庄，我放弃了紧跟朋友去攀山远足，也没有人云亦云随游人下湖点舟。我选择在古铜色木板建造的吊脚楼台上听雨。

　　吊脚楼台依山搭建，一脚跨在山腰，一脚立在楼肩。醉窝在竹编藤挽的逍遥椅上，一杯刚泡沸香茗正热气四溢。

　　春天不缺雨。整天忙碌于世俗的杂务中，能有几分闲情逸致来听雨？雨总是不期而遇，可听雨的心情却如惊鸿爪痕。

　　雨是从苍翠的白露山头打来，横越松涛，逡巡在山庄之上。松林氤氲，雨打松叶，声音激越，像一位将军正操练着自己的士兵，步伐整齐，语气铿锵。沙沙春雨给苍翠的松针镀上水银，绿中泛白、白中含玉，熠熠晃眼。山涧的细泉从群峰之间泻落，击打在碎山乱石间，水花扬起，如东风吹飞的梨花，羽化成云。

　　眺眼远望，雨飘坠入湖，水波微漾。烟雨朦胧中，荫坑垅水库里游人的画船

点点。船桨在碧浪中划过，平整的碧玉顿时剪开了一道道白花花的豁口。欸乃的棹歌回荡在群山碧水间，和悦如古韵。几只长嘴水鸟在细雨中引吭飞翔，它们在湖面忽起忽落，双爪击打在湖面，似与鱼儿相乐。芦苇丛中几只羽翼未满的翠鸟也在细雨中练起了旋风的舞步，可惜它们年轻，舞步略显凌乱、仓促。雨落在微波扬起的湖面，叮当作响，像敲击金属的声音，沉闷而悠远，可雨一坠入湖中，就再也难觅最初的模样。

在湖畔，有农民栽种的数垄油菜花田。阵阵金浪随风起舞，沙沙细雨轻吻花蕊。金花含雨，如雨花石晶莹可人。在草虫的伴奏下，几只辛勤的蜜蜂在细雨中振翅低飞，在油菜花朵间跳起了妩媚的探戈。雨蝶也没有放弃展示的机会，它们在细雨中翩跹，忽高忽低，忽左忽右，像在捉迷藏。真是一群快乐的雨的精灵。

不知何时，一位穿着蓑戴着笠老农闯入我的视线。老农朝湖畔缓步走来。他手执渔具。细雨落在老农的斗笠、蓑衣上，噗噗作响。几株殷红的桃花也在细雨中摇曳生姿。老人和桃花相互映衬，在江南的烟雨中，古典得犹如一幅春意烟雨水墨画。

山庄的庭院里曲径悠悠，别致小巧。仿古的亭台轩榭藏身于秀气的白露山腰，妥帖又安稳。雨敲打在山庄屋顶鱼鳞瓦上，铮铮作响，如古筝初奏。斜雨打在雕花窗棂，嗡嗡成韵，似短笛轻吹。几只春燕从屋顶掠过，春天的音符洒满一地。

雨还在淅淅沥沥，不紧不慢地下着。一位伫立在南宋烟雨中的诗人带着他是诗飘进我的脑海。诗人的名字叫蒋捷。蒋捷听雨，在不同的岁月里，他听出了不同的人生际遇："少年听雨歌楼上，红烛昏罗帐。壮年听雨客舟中，江阔云低，断雁叫西风。而今听雨僧庐下，鬓已星星也。悲欢离合总无情。一任阶前，点滴到天明。"

少年的我，生活在自己的故乡，也喜欢听雨，可如今的我听雨的情怀随年龄的渐长渐淡。如今，我亦壮年，客居异乡，选择这样一个蒙蒙细雨的春季，来到这个叫荫坑垅的地方听雨。雨落在山间，湖中，湖畔……湖阔山高雨纵横，雨也落在了我的心间，咚咚敲击着我蛰居寒冬的心。心间的雨，春天的雨。

走 过 长 乐

游浙江中部，不游山水名城兰溪市是遗憾。游兰溪市，不游长乐古村落是懊悔。

走过长乐，惊梦于灵异般的仙女传说。据民间口传，一名叫紫光夫人的仙子，爱慕凡间的风土人情、瑰丽风光。一天，这个贪恋旅游的仙子，带着霞光悄然降临于远古浙中这片乐土。一路的霓裳玉衿，一路的雾霭霞光，紫光夫人醉迷这里的梦幻群山、迤逦田畴，竟然连自己的预产期也忘得一干二净。无奈，因贪生恋，因恋生情。紫光夫人在莲池（长乐）产下了北斗七星。产后疲惫的紫光夫人只身翔回天庭。遗留的北斗星子雄踞群山之巅，日日夜夜等候着生母的归来，夜夜日日地固守这块风光旖旎的家园。七星拱卫的疆土养育长乐村祖祖辈辈的先人后嗣。一个梦幻般的传说总能带来无限的遐思，长乐从远古的传说中羽化成茂盛的烟火人家。

走过长乐，惊慕于君臣的风云际会。在大明曙光前的版图，长乐或许是零星一芥，在朱元璋的坐标点上，长乐却成了发射的原点。从这里，朱元璋在栉风沐雨中射开一个王朝，提前预演大明王朝的峥嵘岁月。长乐只是朱元璋金戈铁马中匆匆一驿站，然而，正是这一独特的驿站，改变了大明的历史乾坤，铸就了风云际会的百年佳话。在长乐，朱元璋把刘伯温、宋濂早早收入帐下，两人后来成了大明王朝的开国文臣，也是大明王朝鼎盛的两根顶天立柱。如今长乐村的嘉会堂还在余晖中默念那次的君臣际会。在伯乐与千里马互相埋怨的今天，在寻觅与被寻觅中，谁不期盼际会？刘、宋是千里马，朱元璋是伯乐。如果不是在神奇的长乐，这出君臣把酒言欢的演义能否风云登场还断然不知。

走过长乐，惊诧于理学的蔚然成风。长乐之子金履祥，博学多才，上接周敦颐、程颐，下承朱子(朱熹)，把理学的接力棒揽入心怀，在开启宋濂、刘基之后，把理学的接力棒一路传递到顾炎武等人。理学也成为有明一朝的显赫学说。金履祥外传理学治国安邦，内授理学和乡睦民，整饬了长乐村落数百年的长幼有序，德高有尊，奸顽有惩的村风民俗。金履祥把理学继往开来，理学之学也铸就了一村古朴淳厚的遗风。如今，漫步在长乐村落的大小巷弄，黄发垂髫怡然自得，男夫女妇相敬如宾。偶遇任何一位村民，淳朴都写在脸上。长乐村的敦实好客已如树如林，云蒸霞岚。长乐村的尊老护幼也成了一块响亮的招牌。或许，这本来就是理学浸润下金氏后代们的一种处世本色吧。

走过长乐，惊艳于纯真自然的明清古建筑群。恍兮惚兮、逝去的明清岁月朝你迎面扑来，置身长乐的每一条巷弄，时空的舞步幻化成一段精致的影像。威耸的庭院，楠木的栋梁、镂空的壁板、凌空的牌匾。一文一墨彰显历史的辉煌，一栋一梁演绎曾经的尊贵。楼阁相接，虽非钟鸣鼎食之家；亭台比肩，也属显乡赫邑之族。殷实过后是质朴，浮华过后是清纯。屹然耸立的古建筑群，是朴实是旧梦，是梦回的童年。从一株散落在村口的华盖古樟上，我们能悟读出一段段惊心动魄的村落史，从一堵风干土墙的青苔间，我们能品咂出一幕幕新陈代谢的家族史。

走过长乐，惊叹于幽幽古道缓缓曲流。且不说村口的七星古井，星罗棋布，相映成趣；也不说数里荷塘，红蓓碧叶，摇曳多姿；但是那残留车马萧萧的古道、潺潺是溪流就会让人遐想翩翩。岁月流金，驿道留韵。远去了牛马的嘶吼，远去了车轮的滚滚，留下的只是斑驳的青石古道和被历史碾碎的青石。随拾一颗，放诸耳梢，定能谛听出数折商客旅人跋涉远行的悲欢离合剧。潺潺溪流，依稀朝南，日夜兼程，在长乐的村口日夜流淌，流走的是沧桑的岁月，留下的是泛银的古典。水滋润了岁月，水洗涤出纯情。如风的岁月挟裹着溪水渐行渐远。在溪水中打捞远遁的时光，得到的却是一枚枚弥漫余温的鹅卵青石。

……

　　走过长乐,走过这样一个能给人带来惊喜的地方。遥想东晋的陶潜和他苦苦寻觅的桃源。假使陶潜能穿越时空的隧道,安身长乐,他还会去寻觅他的桃花梦境吗?这里或许就是他梦幻桃源的现实版本吧。

　　长乐不寻常,长乐乐长长。走过长乐,依恋长乐。真是:北斗七星耀群山,荷花十里秀村前;君臣际会人人羡,民俗淳厚个个赞;古道悠悠印沧桑,溪水曲曲流酒觞;桃源何须终日寻,人道长乐胜仙乡。

游埠:灵魂回眸之地

　　跌入浙中金华市游埠古镇,就跌进了一团复古的深渊。溪风挟裹着两岸房屋深灰的底色与木板门吱扭的声响,熏沐着风尘仆仆的心灵。溪流缓缓地泅住了飞奔的时光,慢,还是慢,如两只无形的手拽着你的狂热的血脉,止步、停留、回首。

　　时光长势如溪岸浅绿的青苔,数千年如一日。夹岸的桃红柳绿的亮色与芬芳映衬着古镇的怀旧、典雅。匆匆的步履被青石板滑得颠如小脚女人的碎步。左顾右盼的双眸总是会被屋檐底下悬着的几盏血红的灯笼,几枚干瘪的鱼干攫去。

　　提着竹篮的老伯缓步走在巷弄,晃动的双腿如吊钟的指针。在灰墙青石的针盘上,时光跟随篮子晃荡、回溯。回溯到清,回溯到明,抑或更绵远的时空。

　　喜欢把身躯安放在游埠老街,置身暮色中的老街,恍惚之间闯进一部明清题材的黑白电影。木板房,雕花窗,鱼鳞瓦,素墙黛梁,排门店铺……犹如一帧帧褪色的默片,昭示着一个江南古街显赫的底牌。江南小镇有的小桥流水,游埠有;江南小镇有的茶馆戏台,游埠有;江南小镇有的水墨梦境;游埠有;就是江南小镇鲜见的名人故居,游埠也不缺。

游埠古镇更可以炫耀着江南很多古镇没有的:慢节奏、慢生活、慢脚步……在这里,慢得让你忘却今夕何夕。慢得让都市人垂涎、梦寐。晨曦中,小镇的老人晃悠悠地踏响青石板路,慢腾腾地踅进一爿早餐店,点上一盘炒粉干或一碗手拉面,有时也叫老板娘盛一碗红艳艳的米酒,乐呵呵地慢饮细嚼。这时,太阳才刚刚从马头墙露头。此时,古镇人才开始荡开生活的涟漪。

逛过很多的江南古镇,混迹于来来往往的车马喧嚣中,原味的古镇早已被游客忙碌的脚下踏得五味杂陈。快是江南古镇的死敌。在古镇的快节奏迎来送去中,江南很多古镇如灯红酒绿的闹市。古镇原始的素颜也随时尚的潮流变幻得描眉画眼、隆鼻填胸。油纸伞下穿着旗袍的丁香姑娘远去了,走来的是一位位露背透胸,穿着迷你短裙的所谓的闪亮美女。大批江南古镇开始病入膏肓,在商人媚俗的包装下,游人惨白的闪光灯下慢慢死去。

而在游埠,远古的慢节奏让它保留着最初的容颜。都说没有皱纹的老奶奶是可怕的,游埠古镇的皱纹烙印在斑驳土墙、炭黑柜台、历代迭加标语、焗锅摊声响的混杂中,如梦似幻。斜阳下,游埠古朴得像拧成菊花状脸庞的慈祥祖母。

在游埠,茶馆是感受慢生活必去的场所,在这里,你可以推窗凝视水汽氤氲的溪水,去探古镇原始的密码;也可以摩挲长嘴壶、青花茶杯,擦亮古镇遮蔽的影像。吆喝上一杯茶,你还可以优哉游哉地观摩游埠老街人喝早茶的闲情逸趣。在潺潺溪水伴奏下,在吴语香软的陶醉中,时光如一只挂在木板上的停摆的老式吊钟。

在游埠,老粥铺也是个闲适的好去处。兰花布窗帘,绣花的挂画,袅袅的烟火,老婆婆现场不紧不慢地做着你点下的芝麻汤圆或马兰头水饺,品着美食,感动的不仅是香甜,还有那萦怀的温馨。

在游埠古桥上,倚栏观水也是诗意潺潺。游埠古镇的"五马归槽"是一大名胜,站在任何一座桥头,都可以眺望枕溪而居的人家,汰衣的妇人。如果目光够深邃,定能看到百年前摩肩接踵的商贩走卒,南来北往的舟楫白帆。目光逐水往前，青碧的荇菜、晚风中摇曳的芦花、栖息在水草的白鹭，定会让你浮想联翩以至思接千载，视透万寻。游埠自古繁华，有"钱塘江上游第一埠"美誉，也是浙江四大古镇之一。在这里你可以细细品味中国千年乡村文化、风土人情、商业等历史变迁的余韵。

俗话说：八婺酥饼数兰溪，兰溪酥饼看游埠。游埠酥饼是种能拴着味蕾的杂拌，它兼容了八婺酥饼的香脆等诸多特点，最为奇特的是游埠酥饼放置的猪油干和野菜丝，趁热咬上一口，满嘴流油，齿颊生香，味道妙不可言。

游埠古镇，坐落在浙中兰溪一个僻乡小镇。它不显名扬姓，却是一个立于喧嚣尘世之外；一个身躯日益与它远遁，灵魂却会时常回眸的地方。在江南古镇日益褪色，水乡梦境渐寻渐稀的吴越版图上，游埠古镇正猎猎向空，耸立成江南水乡诗意的旌旗与标杆。

义 乌 印 迹

在浙江中部之间，有一条走势迥异的江，叫义乌江。在中国的版图上，江河的走势有如长江、黄河以西东之势；有如湘江、赣江以南北之势；而东西走势少之又少，义乌江以东西流向特立独行。在连绵的群山之中，有一座地标式的山叫双峰山，它蹲踞在浙江省版图的轴心点。奇山异水簇拥的土地，叫义乌。义乌的水像江南婀娜女子般秀丽而多姿，数十里枕水而建的江滨走廊，给义乌城镶上了一条异彩纷呈的腰带。义乌的山像吴越的宝剑锋利又不失俊秀，箭矢群山团团而围，把义乌放置在一个天然的翠屏之间。

没有来义乌之前，只听说过义乌的好，知道义乌是经营商品之城，印象中这里的小商品满城流溢，商人如麻似蚁。如今，身处义乌，知道了义乌有古色的历史，铜色的人文，绿色的生态，草色的经济，彩色的商贸。义乌是一个集悠久历史、人文山水、风土人情，商贸文化融为一体的现代化城市。义乌版图似乌鸦翔飞，孝气扑面。在义乌，乌鸦是孝顺的象征，相传秦朝时有个颜乌，事亲至孝，父死后负土筑坟，一群乌鸦衔土相助，结果乌鸦嘴喙皆伤，故称乌伤县。

在义乌，我去攀爬了一座山——大寒山。这座山地处义乌市西南，伫立在绿染的古镇赤岸。山峰虽不高，海拔925.6米，却是义乌境内第一险峰。站立大寒山尖，远眺可睥睨越中大地、鸟瞰义乌全境，近处可聆听松瀑山瀑布惊涛骇声，目睹柏峰水库的粼粼波光，领略古月桥的依稀剪影。

我去寻访了一个人。绣湖公园的几声鹅鸣引诱着我步入古典的诗境，"鹅鹅鹅，曲项向天歌，白毛浮绿水，红掌拨清波。"这首童叟皆能吟的唐诗发声于7岁的小诗人之口。我们初唐诗人骆宾王把义乌几只普通的鹅亘古镶嵌在唐诗的汗青里。鹅纯白，诗人高洁，但又不失啸剑铮骨。"宾王草檄气冲天"，叱咤几曲，壮志豪情，风云为之变色；暗鸣数声，山岳崩颓，万林为之瑟瑟。如今，绣湖柳色年年青青，萧然隐迹林间水畔的诗人依旧逍遥在天地人间。

我去瞻仰了一个人，在一个静谧让人只听得到自己心跳的山村。他就是湖畔诗人代表——冯雪峰。游人寥寥，冯雪峰故居是寂静的，寂静得有点落寞。掩映在松林之间的冯雪峰墓是寂寥的，寂寥得有点让人沮丧。好在不时有我这样的文学爱好者还记得他。据冯雪峰纪念馆的管理者说，每月都有三三两两的人群来拜谒雪峰。够了，思想者的陵园容不下过多的喧嚣和浮尘，在物质飞扬的今天，有人还记得他，这就足够了。雪峰寂静，寂静雪峰。"珠穆朗玛峰头雪，至纯至洁是贞心。"

沿着义乌江，要拜访的古今名人还很多很多，抗金大臣宗泽、中医大家朱丹溪、语言学家陈望道，历史学家吴晗等，他们的足迹都在中国的版图上烙刻过重重的一抹，熠熠生辉。

我去走访了一座古镇，一座刚被评为"中国历史文化名镇"的古镇。这里曾经舟楫遮天，商贾遍地。佛堂镇自古繁华，商埠林立，是钱塘江上游显赫的码头、驿站之一，誉为"千年古镇、清风商埠、佛教圣地"。商业文明的繁荣造就了古街的典雅,古码头古桥的旖旎,古镇人的淳朴殷实。佛堂古镇是江南商业文化的浓缩的典范,置身其间可以品明清商风流韵,赏弄堂庭院雅趣。如今,古镇保护性重建正如火如荼地进行。在古镇一隅,始建南朝的双林寺气势恢宏,顶礼膜拜的弟子众多,焚香绵延。

义乌是块神奇的土地,这里人多田少,土地贫瘠,不屈服命运的义乌人不仅创造辉煌的人文,更通过鸡毛换糖,手摇拨浪鼓式的艰辛创业,演绎了商贸时代的神话。

义乌不着海,不沿大江大河,是一个普通得不能再普通的内陆小城,可它却给我们导演了一出"买全球,卖全球"的商业大片。义乌被誉为华夏第一市,是草根商业的滥觞之地。在义乌最不缺的是奇迹,这里创下的诸多"第一"会让人惊叹之后还是惊叹。

义乌街头各种车辆川流不息,各色人群步履匆匆。义乌永远敞开着"欢迎你"的包容胸怀,如今这里有47个少数民族聚居,几十个国家和地区的万余外商长居,义乌铸就了各族、各国人和乐而居的模范,真可谓小型"联合国"。

在义乌,有一个地方无法回避,那就是享誉世界的国际商贸城。在这里你才能真正感受什么是"小商品海洋,购物者天堂"。在这里用再多的形容词都显得羞涩,这里商品之多让你开阔的心胸都会拥堵,量你有千里眼也无法穷目。

当年浴血奋战抗击倭寇的戚家义乌兵把刚毅、忠诚彪炳史册。如今义乌几乎人人商海扬帆,但很少听说过他们是奸商,倒是都听说过他们是义商。义商,这个义字不仅仅是义乌地名的简称,也是对义乌商人的高度评价——仁义、道义、义气,同时隐喻了义乌"微蚁撼大象"似的草根经济。

身处文脉绵延,商品如海的义乌,我感受到在这里文化与经济,精神与物质的高度相容。脚踏文化热土,买卖富足商品,品味南枣红糖,耳听婺剧道情的义乌人是幸福的。行走在灯火辉煌的义乌街道,能感受到一座内陆城市彰显的大都市气息。伫立在翠碧的鸡鸣山头,看义乌江水滔滔向西。夜色中,义乌江水流光溢彩,大安寺塔在柳垂风拂之下妩媚多姿。

静谧的夜里,在"勤耕好学,刚正勇为,诚信包容"的义乌精神孕育下,在新一个黎明，阔步迈向国际商贸名城的义乌又会篆刻一个怎样新的传奇？

十年梦寻唯九峰

在浙江中部，我游历的山川颇多，但让我魂牵梦萦的寥若晨星。而让我梦寻，且一寻就是十载的只有浙中的九峰。

十年前，初涉职场的我从巍峨的井冈山之巅远徙秀美的婺水之畔。十年来驿动的地点如驿动的心，好在九峰与我始终不离不弃。在闲暇的黄昏，我总喜欢极目远眺，在暮色中注目如黛如幻的九峰群山。

穿梭在浙中大地上，我多次饮恨只能与九峰擦肩而过，却无暇登临。有幸在2012年立夏这个节气，我终于梦圆九峰。

汽车摆脱城市的光怪陆离就沿着宾虹路一直朝西，一路朝西，在宽阔的大道唱起了欢快的歌。村回路转，一股清新裹挟绿意扑面而来。汽车恰似凌波在绿海中的一叶扁舟。

近了，近了。雀跃的心情却带着忧郁。梦中十载的九峰会给我一份怎样的礼遇？梦圆在即心忐忑。

好在一下车，恰如梦境的视野打消我一切的顾虑。

亭亭如盖的古松矗立道旁，曼妙婀娜的古藤蔓舞动树间。一切好似梦境，一切就在眼前。我在林荫小道上深尝细品，生怕遗漏一棵矮松，一束山花，一声鸟鸣，一泓清泉……

观达摩峰，穿古隧道，过神舟渡，我走走停停。看黑熊峰，品龙潭水，逛古天街，我停停走走。我沉醉在九峰山的宏大心怀间，久居岁月深处的九峰需要用慢的心态来品读。记得园林学家陈从周先生曾言，旅和游是相对的，旅要快，游要慢。在九峰山游玩必须得慢。步履匆匆是对九峰的亵渎。九座山峰犹如九位饱经沧桑的老人,他们在亘古的天宇间经历了上亿年风霜雨雪的洗礼,一座山峰就是一座丰碑,一座山峰就是铭刻在天地之间立体的史诗。在九峰山行走,吝啬光阴不仅丧失了品山析水的韵味,更错过了千年风云文化的典藏。

我喜欢用色彩来标注山川。远者如黄山、庐山,我用艳色来标注,近者如三清山、仙华山我用淡色来标注。而九峰,我却用裸色来形容它。因为裸色是人的肌肤的原色,没有任何的描画和渲染,没有任何虚张与声势。它来自天然,归于自然。裸色是大地生灵的基因色,庄重而朴实,典雅而内敛。裸色更是日月精华之色,钟灵毓秀之色。

水色江南,裸色九峰。

是啊,正因为九峰是裸色的,簇拥它的才有大小马峰、马钟峰、饭甑峰、芙蓉峰、寿桃峰、箬帽峰、牛头峰、达摩峰等九座奇峰。史书曾云:"龙丘山(即九峰山)有九石,特秀林表,色丹白,远望尽如莲花,龙丘长隐居于此,因此为名。其峰际复有岩穴,外如窗牖,中有石林……"(《后汉书·郡国志》)

是啊,正因为九峰是裸色的,朝觐它的才有佛者达摩、贯休,道者有葛洪,儒者徐伯珍,官者徐安贞、胡森,隐者陶潜,画者黄公望、余绍宋……志书有载:"自来贤士大夫,春秋佳日,偶事游观之乐,必于九峰。"(《汤溪县志》)

是啊,正因为九峰是裸色的,点缀它的才有山奇、石怪、水秀、洞幽、地野……诗歌有赞:"一泉飞自半山间,如泻珠玑见雨天;不比轰雷强作势,晴春洒漫袅苍烟。"还有诗赞:"南望参差九点峰,青天削出翠芙蓉。"

是啊,正因为九峰是裸色的,梦幻它的才有吕洞宾停转石磨降冰雪、铁拐李仗义点化牛头峰、朱元谭遇难九峰山等等脍炙人口的传说。真可谓:"梦幻与传奇共生,仙家与豪杰齐至。"

裸色的九峰啊,你用你独特之色,容聚了八十多处显赫的人文景物景观。达摩峰间飘零的仙泉能让人沐浴凡尘。葛洪的炼丹炉幻化的雾霭使人净化魂魄。陶潜的"渊明三径"能教人祛除私欲……

裸色的九峰啊,你用独特之色彰显在姑蔑古国的版图之上,你用独特之色伫立在浙中人文浓郁底蕴的后土之间，你用独特之色屏立在金西经济翔飞的热土之侧。

行走在九峰山脉，就像穿越历史的诗卷中，这里平仄、这里的韵律让人感受古典的情怀。行走在九峰山脉，就像步入生命的画卷里，这里笔墨、这里勾勒让你饱含倜傥的胸怀。行走在九峰山脉，就像涉入心灵的交响乐中，这里的高亢、这里的低沉让你拨动缥缈的天籁。

九峰的一草一木，一虫一鸟，一径一道，一霞一雾容不得你漠视。九峰的春华、夏荫、秋实、冬骨容不得你简省。这里的一切都能洞穿你的肉身，直指你的精魂。

在这里，你可以选择篁竹之间匍匐；在这里，你可以在小道之上碎步；在这里，你可以在群山之巅览胜；在这里，你可以在山涧之间掬饮。这里是皇家领地，刀枪入库，马放南山；这里是私家园林，杂花生树、群莺乱飞。裸色的九峰，你真是容不得半点羁绊，容不得半点世俗，你展现的是本色，亮呈的是肝胆。

立在群峰之巅，凡目俗脑也能视通万里，思接千载。远眺浙中，山水尽揽。近睨婺江，波涛滚滚。细看金西，虎踞龙盘。

旅游景点讲究的正副交错，摇曳生辉。放眼浙江，西湖为正，双龙为副。放眼金华，双龙为正，九峰为副。一正一副，相得益彰，瑕玉掩映。

有人说九峰就像小家碧玉，清新可人。有人说九峰是深闺佳人，妩媚动人。我说九峰是梦中原乡，梦萦魂牵。在浙中，我带着短短长长的相思丈量过江南的名山秀水，相思散尽，繁花落定，梦迹深处唯九峰……

仙源湖之春

初到仙源湖，就惊诧于它的天然之色。

仙源湖位于浙江金华市江南著名古镇——安地，距金华市区约10公里，是个水域面积只有2.7平方公里的小型水库。作为水库，仙源湖远不如三峡湖面的宽广浩瀚，近没有千岛湖岛屿的缠绵妩媚。她湖堤短促，波涛亦不汹涌，但它却远离都市生活的喧嚣，独居一隅，在群山绿树中，犹如一幅写意山水画，咫尺之间，尽现清新淳朴本色。

山因水而灵动，水因山而秀美。仙源湖的山，绿意葱翠，高树低草错落有致，山花与老藤烂漫生姿。更有修长的翠竹，似乎也感到了云层的弥漫、厚重，欲给游人捅开一线天，让明丽的阳光徐徐洒落。仙源湖的水，远看惊似翡翠，近看又叹似白玉，掬在五指间，高高抛洒，你准能听到珠散玉碎般清脆的颤音。

湖面扁舟点点，游人悠闲地荡漾在平静的水面。一扬一顿划动的船桨，激起了层层的涟漪，涟漪不断朝四周荡漾，延伸。群山绿树的倒影，犹如长袖的舞女，随着涟漪扭成了一曲轻盈的舞蹈。欸乃欸乃的棹歌声更惊起了林间休栖的群鸟，它们和着桨声在湖面上自由的飞翔。

在群山翠林的怀抱中，在桨声飞鸟的和鸣里，仙源湖静如处子，动如脱兔。或许是新近开发，虽没有游人如织，但仙源湖还是因我们这群游人的到来而袒露它的质朴与纯情。

游兴正澜，春雨点点，这贵如油的春雨难道也被我们的欢悦气氛所感染，洒下缕缕情思来为我们助兴？

在朦胧的雨丝飘飞中，一群的妙龄少女，她们身着校服，从山坡而下，迈着轻盈的步子朝湖岸款款走来。她们每个人手里都揽着一束刚采的野菜，欢快得一蹦一跳。小心翼翼地把野菜放在湖岸，女孩子们就迫不及待地挽起衣袖，在碧绿的湖水中尽情漂洗这大自然赐给都市人最鲜嫩的美味。"三月三日天气新，长安水边多丽人。"今年的三月三虽然又离我们渐行渐远，长安水边伫立的女子我们也无法去追溯，但眼前这群活泼的女孩，不正是杜甫笔下那群浣纱的女子，在湖边浣动着她们华丽的衣纱，亮丽的青春吗？

一会儿，湖边的炊烟就袅袅而升，和着春风，连着细雨，杂着野菜独特的清香，在湖的上空飘荡，远溢，飘荡在女孩子的心中，飘荡在我们游人的心中，也飘荡在整个群山碧水之间，一种超凡脱俗的情趣顿然在心间缓缓升起。

书童垄上行

书童其实是个牧童，只是这个牧童喜欢在放牛的时候携带上一本书或杂志，所以秧村的大人和小孩都嘲笑般叫他书童。书童就书童，谁叫他如此酷爱看书呢，但他知道自己其实是个真正的牧童。

牧童所在的秧村地处江南的丘陵地带。有山，但不高。有水，但不丰。看似群山环绕，其实山高不超百米。看似水流如林，其实都是些细枝末节。

牧童在每个下午，都会牵上家里的耕牛朝田垄上走去。牧童本可以和其他小伙伴相约而行，但牧童还是喜欢一个人独向垄上行。

那天，是个深秋的下午，牧童如往常，牵着耕牛朝田垄走去。牛色深黄，正如深秋的颜色。自然，牧童的手上紧握了一本书，是本杂志，好像是本少年类杂志。其实，牧童家里的书很少，只有少许的小人儿书，但牧童早已不喜欢看这些小人儿书了。牧童喜欢去邻居家里借书，邻居家小伙伴的母亲是位小学教师，家里有一个小型书柜，书柜里有大量的书籍。牧童此时手里紧握的书籍就是邻居家借来的。

牧童选好了一个放牛的地方，其实也无所谓选好。秧村孩子放牛都是随性而为，觉得哪里看上去舒坦些就把牛赶到这里。牧童选好了一块荒芜的稻田旁。已过了火热的收割季，现在的稻田早已胸怀坦荡，是放牛最好的时节，可以任由牛到处觅草，只要牛不闯入菜园和番薯地就行。

春大、夏大、初秋时，牧童放牛时喜欢把牵绳拴在自己的右手腕上，这样，牛一旦想吃田里的禾苗，牧童就可以随手扯一把牛绳，牛就得乖乖掉头。如今，牧童就放开了手脚，毕竟，收割后的稻田除了残留的稻茬，其余什么都没留下。一眼望去，所有的稻田都裸露出土褐色，与先前的禾绿或稻黄形成了鲜明的对比。

牛摆开了吃草的架势。牧童也找到一个向阳的矮坡。书本悄然摊开，牧童的目光就紧贴页面，宛如蜜蜂紧贴在花朵上。周围的一切远去，书上的一切涌来，牧童迷失在文字的丛林。起风了，一棵棵狗尾草晃动着枯黄的头颅，在牧童的衣服上，手臂上摩挲，牧童没有理睬它们，狗尾草沮丧地倒下。一对蝴蝶翩跹地在牧童的脑袋上盘旋，甚至在牧童的头发上做起了体操，牧童连眼都没抬，蝴蝶无趣地飞远。牛在不远的地方默默地吃草，偶尔也会抬头看看他的主人——牧童。但看到牧童那副醉心书本的样子，牛也就一心一意地吃草填肚皮了。

终于，牧童抬起了头，他先寻找牛，牛就在不远的地方。牧童发现，牛吃过的地方比镰刀割过还平整。牧童很满意这只牛。不像有些牛，吃起草来挑三拣四，吃过的地方凹凸不平，难看极了。牧童再把眼睛抬起，他看到了四周的田野一片焦黄。夕阳照在田间地头，有水的地方如镜面泛出银光。土坡上的杂草在夕阳下随微风摇曳，小溪里的芦苇秆上举着雪白的芦花，像棉絮一样让牧童充满了暖意。

牧童干脆躺了下来，顿时身下的小草窸窸窣窣地叫了起来，是牧童压痛了它们。牧童把书支在胸口。他举目朝天，天上除了数块慢慢漂移的白云就是蓝得看不到底的深空。天空中响起了鸟的鸣叫，牧童发现是一对大雁途经他的头顶朝远方飞去……

牧童想，该起来看书了，但他很快就发现胸口上的书其实已经看完了。没书可看了，牧童深感沮丧。牧童想，要是一次能借两本就好了。正当牧童沉迷遐想时，太阳一跳就坠入了山谷，天空顿时灰蒙蒙的一片。牛也停止了吃草，朝天空哞哞地叫了两声，然后鼓着大眼睛四处寻找主人。

牧童坐了起来，再站了起来，牧童用手拍拍身上的草芥。一阵风吹来，牧童打了个寒噤。马上就要入冬了，入冬了就开始下霜下雪了。牧童垄上行的日子或许就要快结束了吧？

然后呢，垄上的牧童何处寻？小草们想，牧童垄上行的日子该是来年春天，田野重新染绿的时候吧。

年　聚

进入腊月，母亲就会守在电话机旁。我知道，母亲又在等待那个电话。

父母亲来县城里帮大哥带孩子已经好几年了。除了农历年前年后十来天，农村老家的大门终日紧锁着。各种杂草已经匍匐前进到了门槛边，瓦棱草也在屋顶肆无忌惮地发芽长枝。父母每年年后从老家来到城里后就几乎不回去了。回去后也是人迹罕至，一片荒芜。像我们家一样，年后不久，四围的邻居以及邻居的邻居也都纷纷离家。壮年男女浩浩荡荡外出打工，年老人也摩肩接踵进城照看孩子。农村老家成了一个空巢，除了少得可怜的留守老人和孩子，其余的男女老少都倾巢而出了。

只有到了腊月，在外忙碌了近一年的人们才想着回巢了。所以，母亲一听到隔壁宝英婶的电话就异常兴奋。母亲会喋喋不休地回话：是啊，在城里过年有什么意思呢，只有回农村老家过年才算过年呢，说好了，一定要回家过年哦……

　　母亲一辈的人这段时间好像串联好了似的,她们平时很少打上电话,一到腊月就电话不断。在电话里,她们絮絮叨叨:相约着什么时候回去,从城里买些什么回去。母亲重复的唠叨听得让人心累,可母亲却乐此不疲。

　　母亲说,大家相约回去才好呢,一两家人回去过年时哪里有热闹可言。是啊,乡下的年充满喜气就在于人多气旺,城里人孤家寡人般过年只会冷冷清清。

　　晚餐的时候,母亲总会向我们汇报每天的动态,说谁家联系上了,可以确定回家过年。谁家还没有答应下来,准备明天再打电话确认。有时,母亲也会叹息,说谁的电话变了,联系不上了,谁家确定不回家过年了。

　　过去的年聚,是自然而然的群居而聚。如今的年聚,靠着母亲们的电话的串联而聚。母亲们电话串联的是一颗颗涌动的家乡游子的心。身居天南地北的村人正是通过电话的信号彼此相连在一起,彼此关切着回家过年的音讯。只有把一户户人家串联起来,相约着回家,空落落的村庄才会有着过年的喜气。

　　记得小时候的大年,由于家家户户都在家摆好糖果,候着孩子们前来拜年。孩子们整天从这家蹿到那家,每蹿一回,口袋里就多了些糖果,这是多么有值得穿梭的甜蜜历程啊。可是,由于改革开放,沿海攫取了大量的壮年男女,外出工作的村人越来越多,留守的村人越来越少,特别是近几年,在外打工的壮年男女手里都积攒了不少钱,都在城里买了商品房,为了孩子们能接受更好的教育,都把孩子接到了城里上学。为此,乡下的老人也被迫涌向城里。于是就出现了少许不回家过年的村人。可以想象,当孩子兴高采烈地来到他们家拜年的时候,迎接孩子的却是一扇紧闭的大门,这会让孩子们多么沮丧啊。紧闭的大门里哪里会有温馨而甜蜜的糖果?

　　在村里每个人的心灵深处都有一种朴实的概念:过年就是左邻右舍笑脸相聚的日子,是左邻右舍互相串门拉家常的日子。即使是仇家,在过年的喜气中也应该微笑致意。年的喜庆能消除隔阂,增进和睦。很多的仇家都选择在年间和好,很多的亲家也都是在年间处成。年成了村人融洽关系的黏合剂。

　　年聚的日子的确是让人期盼而温馨的日子啊。

耳郭里的乡愁

在从单位回家的路上，我又看到了父亲站在人群蜂拥的街角，父亲又是把耳郭朝向了人群。自从父亲来我这里帮我照看孩子后，我发现父亲打探世界的方式错位了，眼睛被耳朵取代。

父亲是几年前从赣中的故乡来到我现在工作的沿海城市。父亲从赣中的丘陵地带来到沿海的富庶地带，他本应该如鱼得水，幸福连绵。可父亲似乎是只旱鸭子，望海兴叹。是啊，父亲是个地地道道的农民，五十多年来干的都是刨土耕作的农活，如今却要他来城里侍弄孩童，城乡位置的旋转、交替，我想裹挟父亲的心灵的应该苦涩与落寞。

但父亲没有选择，因为他的孙子尚小，他的儿子儿媳又忙着上班，他的老伴也正忙着带他的大儿子的孩子。他只能被迫来到异乡重新开辟他的"田园"。

人在异乡，眼睛熟悉了周围的环境后就算多余了。父亲的眼睛在异乡也似乎显得可有可无，永远是一副慵懒倦怠状，而耳朵却异常的灵动，像两窝收发信号的旋型铁锅，时刻准备着捕捉他期盼的信号。

父亲的信号自然是家乡的嗓音。人在他乡，最能慰藉心灵的莫过于听上几句家乡话啊。父亲的耳郭变得异常敏锐，一捕捉到家乡的嗓音就能立即锁定目标，准确出击。

每次父亲上街，与其说是去看什么，还不如说去听什么。父亲走在大街小巷，他的耳朵总会高耸，一听到与心灵感应的乡音，父亲就会跋山涉水找到"发音体"。然后父亲会异常热情地伸出双手，操弄着家乡话和这人侃侃而谈。父亲的耳郭出乎想象的准确，几乎捕捉到的声音都是来自家乡的这座小城。

父亲说自己在赣中那座小城生活了五十多年,祖祖辈辈都生活在那片土地上,他的声音是无法改变了,故乡的声音已经浸润到了血脉和骨髓。父亲叹息地对我说,人什么都可以被改变,但是浸淫着血脉的乡音是无法改变的。

虽然父亲的耳郭捕捉乡音的能力强,但父亲也有尴尬的时候。记得那次,父亲捕捉到了一个中年妇女的乡音,虽然这个乡音经过很努力地异化,但父亲还是走到她身旁和她聊了几句。可那妇女却坚持说自己是本地人,一口否认来自赣中。回家后,父亲很沮丧,父亲坚持认为自己的耳朵没有出错,是中年妇女出了问题。父亲说,他离开中年妇女的时候,她还偷偷地回望过几眼。父亲说,人岂能忘本?

父亲耳郭的敏锐随着年关的临近益发精准。我也亲眼见过父亲的这种特异功能。

还是腊月时,我们带父亲去置办过年的衣裳。在市区最大的服装市场,这里人多如蚁,声杂如麻。我们蜗行在人群中。突然,父亲停下了脚步。我知道父亲偾张的耳郭肯定捕捉到乡音。我看到父亲先用眼睛紧紧盯着数米远的一位老伯,然后快速移步过去。异乡相遇的两位老人眼角潮湿,嘴角飞扬,似乎有说不完的话。我们只好在原地等待。可在驿动的人群中只能随波逐流,岿然不动只会遭人白眼。无奈,父亲只好和那位老伯执手话别。

晚上,我发现父亲的脸一直涨得通红。最后,父亲终于鼓起了勇气问我:我们什么时候回家过年?父亲问我语气与神态恰似我小时候问他的语气与神态。

是啊,又是一年冬将尽,又是一年春将回,岁月的轮回总是悄无声息。可是,乡愁就像来自遥远的故乡的蟋蟀,夜夜鸣叫在身处异乡的父亲的耳郭里。

逆 道 而 行

数天前，跟报社的毕记者去采访一位105岁的老人。据说，这位老人是市最年长的一位老人。

老人住在我市与邻市的山区交界处。听别人介绍，老人最喜欢的食物是香蕉，甚至说他嗜好香蕉如命。我们驱车拜访老人前，到水果摊买了满满一篮香蕉，足足有30斤。

很快，我们沿着盘山公路来到老人住的村庄。经过村人的热情引路，我们找到了老人。

老人正在整理儿子从山林里挖来的春笋。老人坐在一个小板凳上，人看上去很精瘦，但身子骨还硬朗。从他整理的春笋看，动手能力还算娴熟。

寒暄过后，我们就聊起了他的养生秘诀。老人一直整理他的春笋，没有搭理我们的问题。他的家人热情地接过话头，说老人也没有其他特别的地方，就是做事情不合常理。老人听后呵呵笑了起来，一笑发现他的牙床上的牙齿也缺了不少。老人抿着嘴笑样子很可爱。

我们想起了老人很喜欢吃香蕉，马上选了一枚最大的香蕉剥开来给老人。老人见到白白嫩嫩的香蕉，马上停止了手中的活，双手在上衣处猛擦。他是在拭干净手上的泥土。

来回擦了几次后，老人伸手接过香蕉，细细地咀嚼了起来。

吃到这枚香蕉的一半，老人突然不吃了。他小心翼翼地用剥落相连的香蕉皮把剩下的半截香蕉包裹起来。我们以为老人担心香蕉没有了，就在一旁催促道，你快吃、多吃呢，这里还有好多。

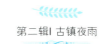

老人笑了笑，还是没有吃，而是把包裹好的这半截香蕉放置在一个陶器罐里。或许老人家里没有冰箱的原因吧，我发现陶器罐里还有很多老人的剩饭剩菜以及一些食品。

我们很疑惑，既然老人很喜欢吃香蕉，面对我们送来的一篮香蕉，他为什么不狠狠吃上一顿。

老人或许看出了我们的疑惑，从牙缝里挤出了一句：好吃就要少吃点。

好吃就要少吃点。一句很朴实的话，但我们听后却一怔。

难道这就是老人一直不肯透露的养生秘诀？是啊，老人的话其实告诉了我们一个朴实的养生道理。当然和这句话对应一句就是：难吃就要多吃点。

我们问老人是不是这样，老人哈哈大笑了起来，并且连连点头。

我突然想到了电视里的一句广告词：好吃你就多吃点。商家做广告无非是鼓吹产品多销，多销让商家腰包膨胀。而长寿老人的做法却逆道而行。或许，逆道而行才是我们养生的要诀吧。

在生活中我们总是热衷金钱，疏懒爱心；忙于应酬，懒于亲情；勤奋攀比，鲜少自省；修饰外表，庸俗心灵……

其实，不仅是养生之道，在我们生命的长河中，很多东西我们只要逆道而行也会创造出我们"长寿"的人生。

第三辑／**梅子时节雨**

 # 一个人的书房

自懂事起,我就喜欢看书,不管什么书,抓到手里就死死不放,因此拥有一间自己的书房,是儿时以来最大的奢望。在我的脑海里,这个书房不要求装饰得如何精美华丽,也不需要什么恢宏大气,只要能放下一张书桌,一架简易的书柜和一张床便足矣。

但为了这个愿望,我等了很多年。

小时候,家里穷,父母、大姐二姐哥哥和我,一家六口挤在两间租来的房里,不要说想拥有书房,就是能有一个睡觉的地方也就不错了。那时,家里最麻烦的一件事就是安排我们四个孩子的睡觉问题,因为地方实在太小。两间房一间是厨房外加摆放农家的什物,另一间是卧室,只能摆下两张床和一张办公桌,父母亲和两个姐姐各占据一张床,我和哥哥只能随便安置在屋里其他地方。

夏天还好,我和哥哥都睡在地上,到了秋冬天寒的时候,睡地上是不行了,母亲就想了一个办法,把我和哥哥安排在盛谷子的仓里,在仓里铺上被盖就成为我们的床了。更多的时候,我被安置在外婆(因为外婆和我们是一个村的)那里睡,哥哥安排在爷爷那里。

八岁那年,家里自己造了一房子,江南最普通的那种,一大厅连一后堂,两边各两间房间。房间的安排是父母亲一间,大姐和二姐一间,我和哥哥一间,另外的那间摆放着各种各样的杂物。这时想拥有自己的一间书房也是不可能的了,当时我最大的愿望就是姐姐们早点儿嫁出去,因为她们一嫁出去,便可以腾

出一间房间来，我就可以拥有自己的书房了，可等大姐嫁出后，二姐还要占据着这个房间，因此我恨不得二姐也快点嫁出去。家里人都说我不喜欢两个姐姐，其实是他们不知道我的心事罢了。

可等二姐嫁出去后我读初中高中了，读初中时因为住校，在家里待的时间不多。但拥有一间书房的愿望并没有减弱。当时由于住在学校的时间多，只有寒暑假在家里，因此对家里的书房想得不是太多，在学校里住的都是几十人的大教室，因此很羡慕学校老师们拥有的一个人的书房。虽然我们那里乡下老师的书房条件很差，书房是那种一层的平房，外面下大雨房内可能就要下小雨，但这对于我的诱惑不亚于天堂。

在初中高中，为了拥有自己的独立看书空间，我有两件事至今还刻骨铭心，一件是在厕所看书，一件是在路灯下看书。

欧阳修曾说："余平生所作文章，多在三上，乃马上、枕上、厕上也。"的确，厕上是个读书的好地方，我深受其益。

读初中的时候，平时作业多，很难看一些课外书，即使有空暇时间，也很难找到一个安静的地方看书。还有晚自习一到下课，就要回几十人的大教室里去睡，睡不着又不能干其他的事，特别是不能讲话，只能躺在床上，但上厕所是允许的。有一天发现了厕所是个不错的地方，但在厕所看书，安静也专心，因为你不专心看，时间一久脚就麻，你必须认真而快速地来看。上厕所看书的次数多了，有时候会被同学们取笑，后来终于想出了一个读书的办法：把书拆散，假装上厕所，一页一页地拿到厕所里去读！当有人来时，叠起来假装作为手纸。就这样，每天蹲一次厕所看几页书，有时书中的故事很吸引人，每天几页就有些控制不住自己，便假装拉肚子，一天朝厕所里跑三四次。很多课外好书像巴金的《家》《春》《秋》等就是这样看完的。

高中时，在路灯下看书也使我难以忘怀。那时，我们的寝室正好靠近路边，因为是县城，一到晚上，路灯就会亮起来。晚上熄灯等老师检查完后，我就悄悄地溜出寝室，手捧一书蹑手蹑脚来到路灯下，小心翼翼地摊开书本，靠在灯杆上细细品读。路灯由于高高在上，投下来的灯光是昏暗的，我的近视眼就是这个时候形成的。

那时还发生了一个小小的插曲。隔壁班上有位男生也喜欢看书，他见我多次偷偷地到路灯下看书，有天晚上竟然比我先占了这地方，夜深人静，不敢争吵，我只好先离开了，第二天晚上我很早去占，他也没趣地走开，可第三天他又比我早，后来越来越早，也被老师们知道了。不敢再去路灯下了。因此我和他约定，一人一晚。高中三年，《红楼梦》《西游记》还有外国的《钢铁是怎样炼成的》《巴黎圣母院》等名著就是在路灯下面看完的。眼睛读坏了，但心里是非常充实的。

大学里条件好了，有宽敞的教室、自习室，还有藏书丰富的图书馆，但住在集体宿舍里，一个人的书房的愿望还是没有实现。

大学毕业，分配到现在这所学校，谁知学校房子紧张，要两个人合住一间，不过，我还算幸运，两两搭配后，只剩下我一个男的，因此我终于拥有了自己的书房。

现在不但有了一个人的书房，书架里的书更是塞得满满的，为了看更多的书，还买了电脑装上了宽带，为了写作打印机也购买了。但那段追求看书，想拥有属于自己书房的往事还是那么刻骨铭心，也激励着我不断地去读书，读好书。

春联的呼唤

春联象征喜庆，写春联，贴春联是中华民族欢庆新春佳节的传统风俗。从我记事起，父亲就对写春联格外看重，先是郑重其事地买纸墨、裁纸、想联语、书写，直到把春联平平整整、端端正正地贴在门墙上，父亲才喜笑颜开。这些事，在我十二岁前都由他一手操办,我们顶多只能当他铺纸、磨墨的帮手。

可我上小学六年级的那年,父亲像往年一样买好了纸墨、裁齐了纸,待开始写的时候,他忽然对站一旁的我说:然然,你马上读初中了,今年的春联你来写!我先是一怔,说不会写,并赶紧往后缩。父亲拿了我一把,说:没有写怎么就知道不会写? 来,我教你写!

邻居们写春联都是抄春联集子上构思好了的,父亲写春联从来不去抄现成的,都要自己构思,父亲要我写春联其实也就是让我构思春联。

针对我的害怕,父亲开始就教了我一些基本的春联常识,比如字数要相同,内容要相似和相对,还有要有喜庆等。父亲不要求什么严格的对仗和平仄,只要有意思,有趣味,有喜庆就可以了。

听父亲这样一说,我就迫不及待地想了一句:门前一棵树,门后一头猪。父亲一听,哈哈大笑起来,笑完后对我说,门前一棵树倒还可以,但门后一头猪太俗气了。父亲再让我想一想比猪更好的动物。我想到牛。父亲说好一点,再想想。我想到了狮子、大象等,最后竟然想到了龙。父亲高兴得竖起了大拇指。最后,那副对联在父亲一步一步地引导下,就成为我生平最初的春联:门前苍松树,屋后卧龙山。

在父亲不断地指引下,我还写下了许多的春联,如"三春温暖勤劳户,五福光临和睦家""爆竹烟花除旧岁,春联灯笼迎新年"等。

写好了,贴好了春联后,父亲带着我在村子里转了一大圈,我们看自家的春联,看左邻右舍的春联,看得很细致,就像是参观书法展览,边看父亲边和我讲解有关春联的常识。回家后,父亲又在家人面前把他看到的春联品评一番,而最后的结论是:我们家然然写的春联无论内容还是书法都是不错的……

十二岁那年的春节,因为有了自己写的春联,我比拿了厚厚的压岁钱还要兴奋。从那以后,我就爱上了写春联。每到临近春节,我的思绪就亢奋异常,因为我又可以在父亲的指导下写春联了。

又是一年新春佳节到,父亲或许早早地在门前那棵苍松下,摆好了笔墨和红彤彤的纸,正等着我回家写春联了吧?

 年少时的眼镜梦

我是典型的"四只眼"，近视眼镜和我相依相伴有20余年了。虽然戴着眼镜在生活中有过种种麻烦，但回忆起曾经对戴眼镜的渴望，现在都还有一种莫名的感动。

我小时候生活在农村。在乡下除了老花眼镜是很少看到年纪轻轻就戴眼镜的。在乡亲们眼中，戴眼镜是知识分子的标志，乡亲们对戴眼镜的人有着一种特殊的敬重。在那时，不管谁家里来了一位戴眼镜的客人，全村的人就像看电影一样聚集在他家门口。接下来的日子里，你会发现全村的人都对这户人家格外亲近和尊重。所以，在农村孩子们的心目中，最大的愿望就是戴副眼镜在乡亲眼前晃一晃。

大姐生下来就视力差，读高中时，眼睛终于看不清黑板上的字了。那时几十元一副的眼镜其价格是可怕的，但父母一狠心，还是拿出了那年买年货的积蓄，给姐姐配了一副。

有一次大姐从县城的学校回家，竟然带回了那副亮晶晶的金边大眼镜。怕我发现，大姐小心地把它藏到枕头底下。趁大姐不注意的时候，顽皮的我还是发现了并偷偷地把那副眼镜戴了出来。在村口的槐树底下，小伙伴没有一个不被我戴眼镜的气势所震慑。我在他们面前来回炫耀。他们乞求我让他们也戴一回，连平时很看不起我的小康都巴结我，还说他把他的花狗电动车让我玩一天。我装着很大方的样子让他们都戴了一回，然后背着手，像一位教书的老先生似的

在村口来回踱着方步。小伙伴跟在我后面，我第一次感觉到了自己在伙伴心目中的分量。

可正在兴头的时候，母亲和大姐追了出来。母亲边追边骂：你这个雷打的，敢偷眼镜出来戴！我一看到母亲手里薄薄的竹片，吓得撒腿就跑，可是戴了眼镜，发现地上是如此的崎岖不平，最后竟然重重地撞在一拐角的墙壁上。眼镜也随着"啪啦"一声破碎……

我是被母亲用竹片一路打着回家的。或许是眼镜实在太贵的缘故，连平时很少批评我的父亲也狠狠地对我说：有本事你也好好读书，书读好了还怕没有眼镜戴吗？

从这以后，我就暗暗地下定决心：一定要好好读书，戴上一副真正属于自己的眼镜。正是凭着这份对戴眼镜的渴求，我考上了高中，考上了大学，也如愿实现了年少时的梦。

爷爷的苦柚

爷爷从外地做客回来，带回一棵苦柚。我们家乡没有苦柚，只有蜜橘。因此，我们村里人谁都没有见过这种树。苦柚树只有半米高，叶子比蜜橘的叶子更硕大，但枝干歪歪扭扭、树皮凹凸不平，样子十分难看。

爷爷把苦柚栽种在门前种菜的小园。小园不大，只有十来个平方米。爷爷把苦柚栽下后，还郑重其事围了一圈木栅栏。这样，这棵苦柚的面积竟然占了近两个平方米。母亲对此一直耿耿于怀。

苦柚第一年没有开花，第二年也没有开花，第三、第四年还是没有开花，而且越长越难看。母亲就抱怨了，什么破树，图它开花，不开花，图它作风景树，模样又难看，占了园子这么大地方，还不如我种上几垄蔬菜实在。

第五年，苦柚树在母亲的责难声中，终于开花了。这时，它还是粗枝大叶，难看。苦柚满树开着花，如繁星，色淡黄，但涩味扑鼻。村里人经过苦柚树时，都要蒙上鼻孔，并加快脚步。爷爷却每天要在木栅栏外转几十圈，乐得像个小孩。

开了花，苦柚也就开始挂果了。柚果黝青，青翠欲滴，从豌豆大，开始慢慢地膨胀。

到了夏末，柚果有鸡蛋大了。鸡蛋大的蜜橘是可以摘下来吃的。于是，鸡蛋大的柚果也吸引了贪吃的孩子们的眼光。终于，有一个孩子乘爷爷不在家，偷摘了一个。

孩子兴奋地用小刀剖开黝青黝青的表皮，发现里面竟然找不到蜜橘那样可以吃的瓤，苦涩的气味还把孩子的眼泪都呛出来了。孩子泄气了，狠狠地把苦柚往地上一扔。这一扔竟发现苦柚像乒乓球一样，弹得老高。于是贪玩的孩子们就发现：苦柚不能吃，但可以当作乒乓球来拍打。

爷爷把木栅栏加高到了近一米，但大孩子还是能够想办法爬进去。小孩子爬不进出就用石头扔下来，扔得满地都是。看着地上凋零的苦柚和孩子们手里的"乒乓球"，爷爷一脸的无奈和伤痛。

有一次，爷爷终于气不可耐，抓到了一个用石头扔苦柚的孩子，二话没说，就给了一个耳光。在孩子们眼中一向慈祥、和蔼的爷爷生平第一次动手打了孩子。

小孩哭丧着脸回了家。孩子的母亲马上气冲冲跑来向我母亲告状。母亲也觉得爷爷不可理喻，一个七十多岁的老爷子，村里的长辈，竟然会为了几个不能吃的苦柚去打一个不满十岁的孩子。母亲边向邻居道歉边数落爷爷。母亲越说越气，拿起刀就要去砍断那棵苦柚树。爷爷拼命地抱着树干，老泪纵横。母亲也就没有"得逞"。

8月的中秋，家乡的蜜橘开始采摘了，爷爷的苦柚也长到了两个鹅蛋大。有几个调皮的后生乘机摘了一个，剖开来一吃瓤，竟然又苦又酸。村里人也都知道了爷爷的苦柚原来就是这个味。

9月,丹桂飘香,爷爷很高兴。爷爷准备好了梯子,要采摘苦柚了。那一年,也就是苦柚开花的第一年,苦柚开的花不多,加上孩子们的"搅和",爷爷最后只收获了孤零零的八个苦柚。

我们村子小,只有七户邻居。爷爷把收获来的苦柚,为每家每户送去一个。邻居们都不愿意收,一是都认为苦柚味道不好,二是对自家孩子以前糟蹋的行为感到歉意。但是爷爷硬是要他们收下。

本来打算最后那个留给我们一家人吃。但送苦柚的路上,爷爷正好碰到邻村一个讨百家饭的老太婆,爷爷剖了一半给了她。最后我们家这一年只吃到了半个苦柚。

苦柚不比蜜橘。苦柚的皮很难剖开,要用刀。而且剖开外皮后还不能就吃,要把那层厚厚的呛人的白色保护内皮去掉。苦柚没有蜜橘那么甜,也不好吃。特别是开始吃,又酸又苦,苦中带涩,几天口里都是这个味。但吃过苦柚后,苦涩中总有一丝淡淡的甜味,这种甜味一直可以留在嘴角好多天。最后,村里人也喜欢上了苦柚这种涩中带甜绵绵的味道。

这以后,爷爷的苦柚,年年开花,年年结果。村里的大人、小孩再也没有谁去采、去扔爷爷的苦柚了。每年丹桂飘香的9月,是苦柚采摘的日子。这些日子是爷爷的节日,也是我们村人大人、小孩共尝苦柚的节日。

爷爷在近八十岁的时候,离开了他的苦柚树,去了。第二年,在一次狂风中,苦柚枝干被刮断了,树叶都枯萎了……

如今,商品也流通了,家乡外出的人多了。甜柚、沙田柚以及南来北往的很多品种的柚,我们都品尝过了。但乡亲们还是对爷爷的苦柚念念不忘,他们都说:爷爷的苦柚好吃,苦在嘴里,甜在心里。

# 病中的母爱

自从我来城里参加工作近4年，母亲从来就没有来过。要她来玩上一阵子，享享城里人的清福；母亲不是推家里农事忙，就是说会晕车。

三番五次地打电话催，母亲终于肯来我这里了。

母亲的到来，我最明显的变化就是吃饭有了规律。由于我们单位上班比较特殊，每天6点半就要上班，单位没有食堂，贪睡的我，每天早上都是睡到离上班还有10分钟才起，早餐基本上是每餐都免，饿着等到中午下班才吃饭。

母亲知道我不吃早餐的情况后，就担当起了给我每天买早点的重任。那些天正值寒冬，早晨温度很低，母亲却每天早晨五点半就从床上爬起来，步行到2公里远的摊点上为我买好了热乎乎的馒头和牛奶。早晨，我一起床，母亲就把买好的早点端到我床前。

我多次对母亲说，你多睡一会儿，天这么冷，不要这么早就起来。我不吃早餐也习惯了。母亲总是说，我习惯了早起，再说你早上不吃怎么行？母亲每天还是很早就去为我买好早餐。有了母亲的照顾，那段日子，我仿佛又回到幸福的童年。

母亲不喜欢逛街。我上班的时候，母亲就待在家里。有一天，母亲说在家里闷得慌，能不能帮她找点事做。母亲接着说，你们这里不是有什么来料加工吗？明天我也去拿些来做做。我开始坚决不肯，但母亲还是偷偷地去揽了一些活。

她弄来的是一些零零碎碎的原料，做圣诞老人玩具的。部件都配套好了，就是要用针线把圣诞老人的帽子、衣服、礼物等用手工别上去。开始的时候，母

亲不熟悉,手一不小心就被针刺破,鲜血淋漓的。我劝说她不要做了,但母亲说不要紧,乡下人的手,出点血算不了什么。为了赶做一些活,有时母亲房间里午夜都还亮着灯。

待了不到一个月,母亲就说要回去了。回家那天,母亲竟然要把她做玩具赚的300元钱中的260元给我,说她有40元钱买车票就可以了。我坚决不接她的钱,可她却变戏法似的塞到了我的一本书中。

母亲回去的第二天,大姐就打来电话说:"母亲脸色好多了,你带她到哪里治病的?"

母亲生病过吗?

"你还不知道吧,母亲说是来你这里养病的,她来之前,在家里经常心绞痛。有时候,一连几天都痛得不能起床……"

听了大姐话,我不知道该说些什么,有一种东西直冲我的鼻子,很酸、很酸,真的!

梅子时节雨

江南的初夏是梅子的夏,当梅子挂满枝头,就引来了多情的雨。

我想,雨是梅子最缠绵的情人。要不,每到梅子一出阁,雨便这般殷勤地来拜访。

梅子时节的雨悠长,如蚕吐丝,又如母亲的奶水,吸吮过后,还绵绵不断。

梅子时节的雨或是散落的零星雨点,敲在驿道行人的雨具上;或倾盆而至,把沉闷已久的老街砸得噌噌响。它总是在阳光初好的白天,刹那间便在池塘溅起圈圈涟漪,半边悠然而下,半边仰仗和风。天边,或许依旧明晃晃地挂着太阳，它就像隔壁调皮小女孩，边哭鼻子边朝你笑。

　　假如说，暴风骤雨是父爱，那么梅雨就该是母爱了。暴雨来临时总伴随着闪电、雷声，短暂而激烈，它的到来总会给你预警。

　　梅子时节的雨想下就下，想停就却难停。它不会与你预告，它如丝如缕，剪不断、理还乱。

　　梅子的雨总会在午夜轻吻你的窗棂，吻声愈来愈响，直到把你吻醒。这使我想起了远在乡下的母亲，母亲喜欢在午夜用电话铃声轻吻我的耳朵，像梅子时的雨，有时也会把我吻醒。在我迷迷糊糊的接听中，母亲只是说想我，才下意识地拉起电话就打。接听之后，母亲永远是短短的几句家常问话，似乎很紧张，也很愧疚，原因可能就是这么晚打扰儿子的美梦。

　　听父亲说过，每次在午夜，特别是在下着淅沥细雨的午夜，母亲总会拿起电话打给我，但总是拨到一半数字的时候把电话悄然放下，有时候一个晚上要反反复复数十次。能接通的时候多半是由于她不小心。

　　不管年龄有多大，在雨夜里总是很容易想起母亲的。今晚，在有梅子的雨夜，我想起了发生在梅子季节里那件难以释怀的往事。

　　还是上高三那年，因为要高考，复习功课紧，学校实行封闭式管理，我几个月没能回家。那时家里的梅子丰收了，母亲托人说，要来学校送一些新鲜的梅子给我吃。那时我在县里的一中，在县里读书的同学都是县城人，县城人与乡村人比，总有一种无限的优越感。年少时，和所有的学生一样，外在的虚荣心使得我从不与同学谈起家里的情况，也从来不想让同学看到我乡下土不拉叽的母亲到学校来。我不想打破在同学中的印象，也无法忍受同学对乡下年迈母亲的冷嘲热讽。

　　但母亲还是来了，走了几十里的下着梅雨泥泞的山路，虽然她找了一个堂而皇之的借口，说是来县城看一远房亲戚，但我知道她就是来看我，因为在记忆中我家根本没有亲戚在县城里。

　　母亲终于到了校门口，当门卫把这一消息告诉我的时候，我心里首先涌起的是无限的愤怒。

我跑到校门口,二话没说,把母亲挎在手中,满盛梅子的竹篮子狠狠地甩在校门口的臭水沟里,说了声:你快给我走!然后头也不回地跑进了教室趴在桌上不停地哭泣。母亲还是让同学们看到了。耳边也终于听到了预料中同学们的窃窃私语和嘲讽声。我愈哭愈伤心,把母亲恨到了极点。

我不知道母亲是在怎样的心情下回到家里的。后来在姐姐的口中得知:母亲在来学校之前特意剪了几尺布,请人做了一件干净的衣服,而且还花了5元钱请镇上剃头匠"花矮子"把头上的白发都染黑了。那篮子梅子也是母亲亲自上梅子树摘的,又大又幽红。姐姐说:母亲还差点从树上摔下来了呢,我偷吃了几颗,被母亲骂了好半天。

那事后,母亲再也没有提出来学校看我的要求了,直到我大学毕业了,找到现在这份工作,拥有了自己的房子,她也从来没提起过。有几次要她来我这里玩,母亲总是找借口说不能来,说什么家里农活忙。农闲时她就说:我坐不得车,一坐车就晕车。终于到现在也没有来成。

我知道母亲并不是坐不得车,只是那件事可能在她心里还是难以忘却。但母亲没有恨我,只是把她对我的关爱深深地埋在心里。只要有村上人上我工作的城市,她总是托人家带许许多多他们自己舍不得吃的农产品给我。

此刻,窗外淅沥不停的梅雨正轻敲着我的心房。在摇曳的烛光中,母亲是否又在拨弄着那串永远不忍心拨完的电话号码?我知道自己永远是母亲手里的风筝,量自己飞得再高再远,可引线却紧紧拽在远在千里之外故乡母亲的心尖。

梅子时节的雨是母亲的雨,它永远是那么的悠远而漫长,它不会与你预告,它如丝如缕,剪不断、理还乱

# 最好的礼物

　　大学毕业后，参加工作两年了，由于工作的地方离家千里，回家要坐几天的车。更要命的是，公司都是接近年三十才放假。这个时候正值春运高峰，可谓"茫茫车流，一票难求"啊！

　　又到年关了，嫌回家麻烦，本来不打算回家。父母亲打来好几个电话，我才决定回去。我说尽了好话，老板才答应多给我几天假，让我早点回去。更难得的是老板还通过熟人帮我买到了一张回家的火车卧铺票。

　　一到车站，送我上车的同事问我：带了什么回去孝敬父母亲啊？

　　我一愣，对啊，还没有考虑送点什么给父母亲呢。读书的时候，没有带礼物回去还说得过去，现在参加工作了，自己能赚钱了，不带点什么礼物回去村里人都会笑话。

　　得马上行动，我想了一下，带什么好呢？父亲喜欢喝酒，可他从来不喝别人送他的酒，他喜欢喝的是他自己酿的土酒，还说什么只有喝土酒才过瘾。我记得大姐多次送了好酒给他，他都没有喝，而是偷偷地卖掉。大姐买来的时候都是好几百元钱，但经父亲一转手就少了好几十元了。买烟，不行，父亲晚上咳嗽厉害，我们都在劝他少抽烟。买这里的特产，可不好带……

　　就这样拖拖拉拉，到了开车的时候，还没有决定好买什么礼物。

　　回到家里，父母亲很高兴，走到数里外的村口来接。我看到他们二老，又想起了什么礼物都没有买，心里很愧疚。在路上，我掏出几百元钱给母亲。母亲说，你干什么，我们不缺钱花。我说什么礼物也没有买给你们，这些钱就拿给你

们自己去买吧。母亲却说什么也不肯接我的钱。母亲还说，你自己一个人在外面，还有许多地方要花钱，留给你自己用吧。

父亲接着说："我们又不是城里人，什么礼物不礼物的，乡下不兴这个。傻孩子，你能回来就是父母亲最好的礼物……"

是啊，在父母的眼中还有什么比孩子回家团圆还好的礼物？我想，做儿女的，孝敬父母亲的礼物有很多种，但没有什么比自己回家过年更好的"礼物"了。

炊烟、炊烟

肯定是哪个垃圾堆旁又在焚烧垃圾了。父亲匆匆开防盗门往楼顶爬，这已经是父亲很多次往楼顶上爬了。空气中弥漫一股烟味儿，朝整幢房子飘，可怜的父亲肯定又误认为这是炊烟了。

很快父亲拖着双腿下来了，神情沮丧。

我接父亲来城里带孩子有一段时间了。来城里之前，父亲在老家的农村。父亲有一天竟然文绉绉地说，乡下的天空是有炊烟弥漫的天空。

一到黄昏，家家户户的屋顶就直冒炊烟，在屋顶上空盘旋、弥漫。秸秆焚烧出来的炊烟带着一股稻禾的清新气息，远远就能陶醉人的神经，让人产生归家的意念。所以，在田里耕作的老农都会循着袅袅的炊烟而归。

我知道父亲是怀恋炊烟，我又何尝不是？

刚住城里时，我看到哪里烧垃圾，我就自然会想起家乡黄昏下的炊烟。有炊烟的乡村才是充满生机的乡村。乡村的孩子特别喜欢炊烟，因为炊烟一起，也就意味着晚饭马上就开始了。等待了一个下午的嘴巴又可以咀嚼一顿了。虽然没有什么山珍海味，可几棵素雅的白菜或数块腌肉也会让小嘴巴吃得吧唧吧唧响，特别是一家人团团围坐在餐桌前吃饭，一种温馨油然而生。

　　我小时候特别怕饿，有一句口头禅就是"饿死啦，饿死啦！"为此，外婆曾经说我前世是个饿死鬼。刚刚吃完饭没有多久，我就会重复这句口头禅。外婆总是变戏法似的给我弄来些饼干或糖果之类的吃食，最多的时候马上生火给我做饭团儿。外婆和我们同一个村，外婆每天晚上做饭也比我们早些。因此每次外婆家的炊烟一起，我就会循着烟雾跑到她这里来。吃完外婆这里的饭菜后，我又跑回家，母亲那边的炊烟也袅袅升起了。我这个饿鬼又可以饱饱和家人一起吃上一餐了。

　　在农村，没有人会戴手表出去干活的，到了黄昏，村里第一缕炊烟腾起的时候，耕作的人就知道该准备拾掇农具回家了。老黄牛闻到炊烟的气息也会朝天空哞哞而叫，劳累一天了，它们也知道主人马上会给它们自由了。

　　炊烟一起，太阳也挨山顶了，整个村庄沉浸在一种恬淡的气息中，太阳在炊烟里掩藏了它的光芒。树梢上氤氲着一种朦胧的气息，月亮悄悄地贴树梢上往上爬。

　　如今，离开乡村十余年了，在城市之间，再也找寻不到炊烟了。炊烟下的温馨与浪漫也无处可觅。

　　父亲说，怎么就没有一家人家有炊烟。父亲哪里知道，农村的炊烟是一种慢生活的节奏。这种节奏是在城里没有生存的土壤。城里讲求是快，讲究是效率。城里人谁还有性子等炊烟慢慢升起？煤气灶三下五除二就解决了一顿晚餐。

　　我曾带父亲去城郊寻找炊烟，可郊区也都换上了液化气灶了，哪里还有炊烟的影子？

　　父亲时常对着斜阳发愣。我亦摇头无语。

　　炊烟或许只有在远离城市的乡村或记忆的童年里才能找寻。

慢慢老，慢慢小

蓦然间发现父亲老了，也发现父亲小了。老的是年龄，小的是性情。

最初感知父亲的老还是8年前，那时我的儿子还没有出生。父亲和母亲还在赣中的老家侍弄田地。

那个暑假，天气极其炎热，田里的禾苗缺水，父亲和我抬着家里的小型抽水泵去为禾苗上水。这时的父亲竟然无法发动抽水泵。

父亲试了好几次，父亲每次都能转动数下，但就是不能用瞬间爆发的力量带动水泵的转动带，让抽水泵自动转动起来。

一旁的母亲直责怪父亲，说怎么连个抽水泵都发动不起来了呢。父亲把拐柄交到我手里。两三下，我就让抽水泵轰隆隆地转动起来。而此时的父亲，坐在杂草纵横的田垄上，吧嗒吧嗒，嘴里吸着劣质的香烟。

那年，父亲54岁。54岁的父亲虽然还能干很多重活，诸如拖板车，挑上百斤的稻谷，但他缺了瞬间爆发的力量。父亲手臂上曾经让我崇拜的、鼓鼓的肌肉在我心间轰然塌落。

在我求学期间，我最喜欢的就是写作文。每次写好一篇作文后我都会很兴奋的交到父亲手里，等待父亲的评点。近几年来，父亲远离故乡，来我工作的地方带他的孙子，父亲在接送孙子上幼儿园后有大量的剩余时间。父亲没有其他的爱好，除了看电视新闻就是喜欢看书，有时也会提笔写上了一些属于他的故事。父亲每次写得很慎重，会在稿子上修改一遍又一遍。最后，他会誊写得工工整整，然后把誊写好的稿子从我背后塞给我，一句话也不说，快速溜回房间。我知道他是在等我，等我阅读后对他文章的评价。此时的身份互换，让我想起当年那个等待父亲评点时害羞的我。

两年前，父亲跨过了花甲之年，这段时间以来，父亲总是说后脑勺隐隐作痛，到了几家医院做各种检查，竟然没有查出任何问题。父亲查阅了一些书刊，认为是血管狭窄，阻碍了血的正常流动，因此导致了头的隐痛。隐痛也让父亲整天头晕目眩。为此，父亲很少去较远的地方。那晚，我和爱人都有事情，不能去棋院接学下棋的儿子。我们委托父亲去接。去棋院的路上要经过一条繁忙的大道，每次都要小心翼翼地过斑马线。回来后听儿子说，过斑马线时父亲的手竟然不停地抖动。他紧紧抓着孙子稚嫩的小手，像渡过一片险滩。

2010年的冬天，江南遭遇冷冬，鹅毛大雪不断。一个周末的清晨，我听到儿子在楼顶上欢呼雀跃，走上去一看，发现父亲正在用双手堆雪人。看着父亲来来回回地找寻新雪，不断用冻红的手去修补雪人的鼻子和眼睛。目睹他不时用嘴里的热气呵着冻僵的双手，我心里有蓦然的感动。

小时候的我们哪里能够享受到父亲如此的礼遇啊。记忆中威严的父亲与我们的心里永远隔着一堵墙。在雪天，我哥哥去玩雪人，在父亲家长制的淫威下，我们回来后轻则受谩骂，重则享受皮肉之苦。

雪人堆好后，父亲和他的孙子围着雪人哈哈大笑，在红鼻子黑眼珠雪人面前，我看到父亲如7岁的儿子一样，笑容天真烂漫。

父亲大我27岁，我大儿子27岁，这或许是一种偶然。儿子在呵护中一天天成长，我在历练中一天天成熟，父亲在时光中一天天衰老。我知道，有一天，儿子会变成熟的我，我会变成衰老的父亲，父亲却要轮回成需要呵护的孩子。

慢慢老，慢慢小，我们都会。不同的年龄，我们会有收获，会有付出。在岁月的轮回中，我们都要传承不同岁月段的生命要义——爱与被爱。

拎着灵魂上路

　　读书生涯十多年，教过我的老师林林总总不下百位，能让我时常忆起来的不超过十位，让我最刻骨铭心的是胡建堂老师。

　　我的家乡是著名诗人杨万里的故里江西吉水县。胡老师长期担任吉水县中学的历史老师，是学校的教学骨干。1994年我们跨进学校大门，胡老师那时四十来岁，担任我们班主任，直到1997年毕业。胡老师说我们这届是他唯一带完整整三年的学生。当时学校有六个班。理科班四个，文科班两个。文科班一直是学校的短腿，每年考取大学的人数惨淡。可1997年胡老师带领的高三(5)班却开创吉水中学的校史，我们班考取有北大一人，人大一人，上重点线十来位。班里最高分位居全省第三位，前两名是吉安市前两名，前三名包揽了全县冠亚季军。这段辉煌的历史至今还被人们津津乐道，至少到目前为止，学校还没有哪个班超越过。

　　成绩的辉煌并不是我对胡建堂老师刻骨铭心的原因。如今，我也是一位教师。我知道对一位教师而言，成绩的比拼代表不了什么。在我心目中：三流的教师教知识，二流的教师育习惯，一流的教师塑灵魂。

　　胡老师教给我们的知识我们早已淡忘，养育我们的一些习惯也被慢慢消解，唯有他塑就我们的灵魂气息还烙印在心。

　　那时，我们班里大部分同学还是来自偏远的农村，我们连篮球都没有近距离触摸过。胡老师为了让我们爱上篮球，特意相约全校篮球最厉害的班级进行一次篮球赛。他还自告奋勇当起了裁判。我记得那天，胡老师穿上了洁白的衬衫、黑短裤、回力运动鞋，更让我们惊奇的是，他竟然戴起眼镜，俨然正规篮球大赛。我们开玩笑和他说，你近视眼度数很浅，干吗戴眼镜？他说是为了看得更清楚一些，不错判。

由于我们没有经过合理的训练，打得不成样子。有几个同学更加是连球都不会运，抱起篮球就往自己篮板这边疯跑。更可怕的是一个力大无比的家伙，抢到球后就手忙脚乱地乱甩。终于，他甩到了胡老师的眼眶上。眼镜咔嚓一声，碎玻璃片四溅。幸运的是胡老师眼睛没有大碍。胡老师揉了一会双眼，立即把玻璃碎片踢往场外，继续在场上飞奔。由于和邻班水平相差太大，半场下来我们输得落花流水，接下来的比赛我们基本是消极怠工。

在第二天的班会上，胡老师血脉偾张。他说："输球并不可怕，可怕的是面对困难时自我放弃的心态！"胡老师讲了很多道理。下课铃声响起，这时，我们看到他用尽全力挥起右手，斩钉截铁地说："奋发向上乃我中华民族之魂，作为中华的子孙，我们没有理由不继承！"

说完，他走了。课间十分钟，我们没有一个人出教室，我们都在思忖着胡老师的话。在以后的日子里，胡老师总是用"奋发向上"的精神来引领我们，不管面对怎样的困难，他都鼓励我们要奋发向上，他就这样一直拎着我们的灵魂上路。

正是在这样一种精神的熏陶下，在今后的日子里，不管是篮球还是其他各项活动，我们可以输得惨烈，但我们从不轻言放弃。在困难面前放弃是我们班的耻辱。

高三那年，由于我的数学成绩实在惨不忍睹，我很沮丧，甚至有放弃高考的念头。胡老师知道我的情况后，他把我叫到办公室，他没有安慰我，反而严厉地指责我："现在想当逃兵，没那么容易！数学差，差难道就要放弃吗。数学现在就是你的拦路虎，碰到拦路虎不敢去面对，你不配做我高三(5)班的学生！"胡老师身阔体胖，说出的话语振聋发聩。

说完，胡老师就上课去了，把我一个人孤零零留在办公室里。

那年的高考，我落榜了。接下来的一年，我再次落榜。直到第三年，我终于考到了一所专科师范大学。我知道，我能顶住重重压力坚持下来复读再复读，心中萦绕着的是胡老师的教导我们的那种精神：面对困难，奋发向上。

如今，胡老师也退休一年多了。我参加工作也十年了。生活中的困难总是不期而遇，但不管面对多大的困难，我总会挺过去，因为，我心中总有一股不屈服命运的豪气——奋发向上。

胡老师用"奋发向上"这四个字拎着我的灵魂上路。作为教师的我也不断地教导我的学生："奋发向上乃我中华民族之魂！"我也想用"奋发向上"这四个字拎着我的学生的灵魂上路。中国心、民族魂，奋发向上应该留在每一个中华学子的精气之中。"奋发向上"，虽然只是中国最朴实的四个汉字，但它足以让每一个中国人的灵魂熠熠生辉。

买《三国演义》的老人

暴雨骤至的午后，无伞的我习惯性踅入一家书店。在黑压压的书架间穿行，在寂寞的、摆放纯文学的书架畔上岸。胡乱提起一本厚重的书，还没有浏览完目录就匆匆放回原位，又随意提起一本，没过一分钟又放下。如此反复了多次，感觉极度沮丧，竟然找不到任何阅读文字的欲望。

书还是这些书，难道那个曾经视阅读如命的心被世俗风尘蒙蔽，任凭风沙侵蚀？

窗外的雨还在鼓噪着磨人的曲调，涌进书店避雨的人增加了不少，一向空旷的书店人气骤增。嘈杂赶走了寂静。在喧闹中，看着花花绿绿的图书我感到从来没有过的眩晕，我干脆坐在一个角落里发呆。

忽然，一个敲击金属般的嘶吼声镇痛了我脆弱的耳膜。是位老人歇斯底里在呼喊："服务员，《三国演义》在哪里？服务员，《三国演义》在哪里？"这两记轰响击溃了书店所有人的喧哗。满店的人朝老人张望。我的发呆活动没法进行，觉得有必要看看那位声如响狮，势如张飞的老人。

老人是位典型的老农形象，白发、黄脸、灰衣、青裤、黑鞋，除了五官，其他和我那在农村的父亲没有两样。老人在一位小他很多的妇女的搀扶下，像猎狗寻找猎物一样在书架上搜索。或许是"误入书林深处，眼花不知书路"，他根本就找寻不到自己想要的书。老人满脸的褶皱焦虑得有点痉挛。

坐在收银台处闲聊的服务员听到局促呼喊后急忙赶来，并立即带领老人来到摆放《三国演义》的书架旁。老人看到一整排《三国演义》，眼睛遽然发亮，赶紧从书架上剥出一本，小心翼翼地托着，像孩子般捧着一件希冀许久的玩具。我分明看到他托书的双手在晃动。

妇女如释重负，说："哥，我说能帮你找到，你还这么急。这下你的愿望实现了，回去后慢慢看吧。"老人眼神羞涩，脸际似红云掠过。

老人左右手交替摩挲着《三国演义》的封面封底，催促着妇人去付款。妇人搀扶着老人很快消失在琳琅满目的书丛中，可他蹒跚的身影却让我陷入久久的遐思。

一个执着买《三国演义》老人该是一位怎样的老人？

我忆起了我的父亲，一个能识点字的乡村老农。父亲长年累月在田间劳作，汗水、疲惫、伤痛日日相伴，有时想找点文字看看，可哪里有书可读？偏远的乡村、世俗的母亲是不可能让父亲去做读书这种高雅的事情。我清楚记得，我上小学那会儿，我的课本时常有烟草的气息，一次半夜梦中惊醒，发现原来是木讷的父亲在深夜偷偷阅读我的课本。

眼前刚消失的这位老人，肯定对书有着极度的热爱。或许常年待在乡村，难得见到梦寐的书籍。如今，逮到一个进城机会，在城里妹妹的搀扶下来到书店，终于有机会来到书店。从他的表情，或许这本《三国演义》就是他人生的第一本书。遥想在某个乡村，这位老人一定会在晨光熹微或晚霞漫天之际，坐在村口，忘情地品读着他的《三国演义》。

我忽然觉得，我也应该买一本《三国演义》，虽然我书柜里躺着一本。我想我买下来之后应该用快递寄往乡村，寄到一个叫"刘富根"的人手里，因为他是我那白发苍苍的父亲：一个一辈子还未曾拥有一本书的乡村老人。

姨 娘 呓 语

我的这位姨娘不是普通的姨娘，姨娘的不普通在于她的呓语，她的呓语时而让你捧腹大笑，时而让你掩卷深思。姨娘的呓语能穿越时空，颠倒乾坤，把历史与现代打得落花流水。没有最妙，只有更妙，这就是姨娘的呓语。

姨娘曾经告诉我们，她小时候的语言和其他的小孩子是一样的，说出来话完全是标准的家乡普通话。姨娘说她五六岁的时候一次去池塘游泳时，耳朵灌进了大量的水，导致耳朵发炎生脓，发烧了三天三夜。由于当时家里没有钱去治疗，因此落得耳朵成了摆设。好在嘴巴还能说，并且时常能冒出非凡之语，我们称之为姨娘"呓语"。

那次，姨娘问起了我的工作。无论我如何比画她也"听"不懂。猴急之时，只见母亲用手指在墙上指了几下。姨娘立即说，哦，原来小刘是"指字"的。我在旁边一头雾水。我的工作怎么成了"指字"的？但转眼一想，我是老师，老师不是每天指着黑板教孩子认字吗？姨娘的说法是多么朴实而妥帖啊。

一天，姨娘大声嚷嚷要母亲和她一起去"听铁丝"。我听到后疑惑不已。姨娘到底是去干什么呢。我猜她们肯定是去听什么古装戏了。她们回来后，我问母亲，晚上的戏好看吗。母亲说，我们没有去看戏啊。我问，你们不是去"听铁丝"了吗。母亲笑了起来，说"听铁丝"就是打电话啊。我大惑不解，"听铁丝"怎么会是打电话？转眼一思考，可能以前的电话都是有线电话，而且都是通过铁丝传达信号。"听铁丝"原来是一种复古的说法啊。我还以为她们是去做"铁杆粉丝"了呢。

　　上次，姨娘来到我们家，母亲问她是怎么来的，姨娘说是坐"盒子"来的。我听后惊叹不已。我这位姨娘原来有法力，竟然能坐"盒子"从偏远的乡下来城里。哈利·波特能骑扫把飞行，我的姨娘却能坐盒子滚行。姨娘一点也不比哈利·波特差啊。我还真想探究这个"盒子"是如何制造的，难道是安装了4个轮子在"盒子"下面吗？可方向如何控制？

　　母亲打断了我，说什么安装了轮子的"盒子"啊，是摩托车。哦，"盒子"原来就是摩托车，我到现在也不明白，姨娘为什么把摩托车说成"盒子"的。

　　姨娘在城里住那会儿，一天她回来就说，她在街上掉了一万元钱。我听后大吃一惊，也怪姨娘太大意了，一个人单独上街竟然携带巨款。我赶紧问姨娘在哪里丢了，我们得赶紧回头去找，必要的话还要先报警。可姨娘显得很淡定，说，没有关系，就一万元钱。我真服了姨娘，就是腰缠万贯的财主丢了一万元钱也得火急火燎地挖地三尺也要找回啊，姨娘不差钱，难道家里有价值连城的古董？我赶紧张罗着朋友去找。母亲说，不用去找了，不就一元钱。我责问母亲，不是一元是一万元。母亲说，你姨娘的一万元就是一元，去找什么找。嗨，原来是这样啊，真是哭笑不得。一想，姨娘小时候的钱肯定是以万为单位的。

　　姨娘的呓语诸如此类很多。我们说熄灯，姨娘说"捻黑灯"。我们说"你们不好"，姨娘竟然采用古句倒装"等你不好"。我们说穿绸缎衣服"。她说成"晃晃动"的衣服。姨娘叫人的名字反叫。我的弟弟叫"小山"，但姨娘一直是叫"山小"。

　　姨娘虽然耳朵不好使，但她却喜欢打听别人的名字。而比画成了我们最麻烦却又开心的事情。因为，名字要用相同谐音的实物来比画。

　　那次，她问起了我们隔壁一个女人的名字。那人名叫"喜姑"。母亲只好左手指着一桶猪吃的"食"，右手拿一粒"谷子"。姨娘很快就能意会过来是"食谷"这个音。

　　但有些名字很难比画。即使比画，姨娘也一时半会不能意会。姐夫的名字叫"康彤"。姨娘问起了姐夫的名字。母亲比画这个名字的时候着实花了一番心思。但姨娘一直无法意会。无奈，母亲只好把姨娘带到养猪的地方，指着一只装着糠糟的猪食桶。

姨娘说"糠糟"，母亲摇头。姨娘说"猪食"，母亲再摇头。姨娘说"猪桶"，母亲摇头。姨娘说"食桶"，母亲再摇头……

姨娘终于说到了"糠桶"，母亲终于点头。姨娘大笑了起来，说原来是叫"糠桶"啊！一旁的我们早就笑得东倒西歪，眼泪横飞。此时，姐夫的脸羞红得如猪肝。

我的名字母亲一直没有解释给姨娘。我不知道，我这个名字应该如何比画、"会然"，你说该怎么比画才好呢。还有，假如我的那位姨娘问到了你的名字，你又该如何比画着向她解释呢？

这就是我的姨娘，她携带着她的吃语走了七十多年了。她的吃语也伴随着我们快乐地走了许多年。有些日子没有听到姨娘的吃语了，我想，该去乡下看看我那不普通的姨娘了。

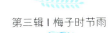

廿 年 一 诺

那时我还是一个穿开裆裤的乡村小屁孩。乡村的小屁孩总是羡慕别人拥有新鲜玩意。邻居家和我同龄的勇生有了一辆童车，这让我羡慕得口水满襟。这辆童车颜色是充满梦幻的天蓝色，三轮三脚架型。勇生的父亲在国有鱼种厂工作，母亲是小学教师。那时在秧村夫妻双方都是商品粮的还很罕见。因此，勇生能拥有城里孩子才有的童车就一点都不稀奇。

我也想拥有一辆童车。我知道央求父母亲买是不可能的，央求的后果或许只能换来一顿皮肉之苦。于是我把希望寄托在最疼爱我的外祖母身上。我知道，外祖母对我的要求会满足的。

　　当我央求外祖母给我买童车的时候，外祖母先是一怔，后再问我，谁家的孩子有童车？我立即告诉她，勇生有童车。外祖母哦了一声，说，好，我也会帮你买上童车。

　　得到外祖母的许诺后，我心里就憧憬着我那童车的模样。我也希望自己的童车是蓝色的，因为我最喜欢天空的颜色，蓝得能照亮心灵。我还期待我自行车的后杠能更粗些，这样还可以让其他小伙伴的双脚站在上面。勇生从来不舍得让小伙伴骑他的童车，也不允许别人踩在车后杠上，当然他的外甥小青除外。一次，我带着央求的语气问勇生，能不能让我也站一回。小青代替勇生回答了我：休想。

　　每次看到勇生骑车的时候，我总是朝他说，我外祖母也会帮我买一辆童车的。我还没有说完，勇生的童车早已呼啸而过，留给我全身的灰尘。

　　可外祖母对买童车的事似乎遗忘了。我多次提起，她总是哦哦应答，并说她进城的时候一定帮我买回来。

　　不久，外祖母真的进城了。她去帮一远房亲戚带孩子。最疼爱我的外祖母离开了乡村，我本来十分沮丧，但一想到她会给我买回童车，我心里就宽慰了很多。外祖母去城里后，我一直盼望着她能早点回来。可那几年外祖母一直很忙，连年都是在城里过。我十分想念我的外祖母，那时我也上小学了，每年的暑假，外祖母就要我母亲带我进城去看望她。

　　进了城，来到外祖母的身边，我心里有无限的喜悦。外祖母每天忙完事情后总会带我去市民广场。一到广场，我就发现城里的孩子几乎每人都有自己的童车。他们在市民广场上相互追逐，场面是多么的欢快和刺激。我哭丧着脸央求外祖母帮我买童车。外祖母总是答应我，过些日子就会买的。可是我等到假期结束，要回乡下读书的时候外祖母都没有帮我买。外祖母总是承诺下次买。可下次又是什么时候呢。

　　这样央求经过了好些年。外祖母的诺言一直没有实现，我心里的期待慢慢消融。很快，我读五年级了。读完五年级就该读初中了。这个时候我懂事了很多，再也不央求外祖母买童车了，当然，读五年级的我由于身体庞大也不适合骑童车了。

我读初中后，远房亲戚的孩子也大了。外祖母带孩子的工作终结了。远房亲戚帮她找了一份门卫的工作。那些年，村里去乡里上初中有一段路。很多人家都帮自己的孩子买了一辆自行车。父亲也买了一辆自行车，但他每天都要骑着它去乡里的社办企业上班。再想家里买个自行车就太奢侈了。我把希望寄托在外祖母身上。我和她提起了这事，外祖母答应了。那时，买一辆自行车要三百多元。外祖母说等她凑齐了钱就会帮我买。但那时外祖母每个月的工资也就两百来块。外祖父身体一直不好，一直在吃药。经历过童车梦的破灭，我对此并没有寄托多大的期望。

只是外祖母经常会提起，我还欠你一辆自行车。我听到后总是默笑。初中生活很快就过去了，我考进了县城里的高中。去高中上学是要搭客车的。自行车也没有了用武之地。那段时间，我和外祖母谁也没有提起过自行车的事。

很快我高中毕业，考上了大学。

在大学的时候我开始谈恋爱。我把恋人带回老家。外祖母看到后很高兴。我第二次带恋人回家的时候，外祖母竟然送给我一个黄金戒指，并嘱托我送给恋人。

我感到纳闷，我可没有要外祖母送什么东西给我的恋人。外祖母笑着说，你小时候不是要我买童车给你吗，这么多年来，我一直没有买给你，现在那枚戒就是我积攒买自行车的钱帮你打的。

我这才记起外祖母曾经对我的承诺。外祖母把戒指放在我掌心时，我看到她如释重负地叹了一声。

外祖母送给我的那枚戒指是一个乡村匠人打造的，样式老土，分量也轻。我结婚后把它戴在爱人的手指上。很快，爱人就嫌弃戒指的呆头土脑样。爱人把它搁置在箱底，很快就购置了一枚清秀的白金戒指。

只有我会不时地惦记这枚戒指。因为它不是一枚普通的戒指。这枚戒指是一种承诺的见证，这一诺言历经廿年而不息。如今，我敬爱的外祖母已仙去8年了，可我曾经对她的种种许诺却再也无法实现了。

母亲的叮咛

不论我是孩童，还是长大成年，在母亲的心目中，我永远是个没有长大的孩子。母亲总是不厌其烦地用她的叮咛为我保驾护航。

小时候，生活在乡间。天气一热，池塘成了孩子最大的诱惑。池塘就像一块甜蜜的水果糖一样紧紧攫住孩子的目光。由于每年都会有孩子因为游泳被水淹死为此，母亲每天去劳动前都会叮咛我："不要去池塘游泳。"可村里的孩子总是趁大人去劳动后，就像一只只青蛙，扑通扑通地跳进池塘。孩子们不把池塘弄得泥浆翻滚，鱼虾乱窜是不肯罢休的。谨记母亲的叮咛，我开始会坐在岸边傻看，但不久后，池塘热闹的场面就会击溃母亲的叮咛。扑通一声，我也会跳进池塘，混入嬉戏的孩子之间。直到黄昏时刻，大人们从田间地头陆续归来，孩子们才依依不舍地告别池塘。这时我才记得了母亲的叮咛，这也让我羞愧万分，至少接下来几天不再下池塘。

8岁后，我开始了漫长的求学之旅，特别是离开家乡去县城读高中的时候，我的成绩时好时坏，对能否考上大学没有半点信心。母亲是个只读过小学三年级的乡村妇女，在学习上她不能给我任何的指导。每次母亲看到我愁眉苦脸时，母亲只是叮咛我："不要怕没钱，要舍得吃。"母亲担心的不是我的成绩而是我的身体。高考那年，母亲总会炒上一些好菜，托付给进城的村里人捎给我。母亲还会在包裹里写上这句话："不要怕没钱，要舍得吃。"母亲要我在学校的食堂里也要买好一点的菜。每次看到母亲在纸上歪歪扭扭的这段话时，我心里就会为自己没有努力学习愧疚万分。

参加工作后不久，我和爱人结婚了。我们工作的地方远离父母。每次回家离开母亲时或者是每次打完电话后，母亲总会叮咛我："你们俩要好好过日子，不要吵架。"新婚宴尔，我觉得母亲的话是多虑了，我们这般恩爱，怎么会吵架呢？但结婚后不久，特别是我们也有了孩子后，夫妻间的矛盾渐渐显露，拌嘴吵闹时有发生。我们才想起母亲叮咛的可贵。每次知道我们夫妻间拌嘴吵架后，母亲依然是叮咛我们："你们俩要好好过日子，不要吵架。"每次说完后，母亲的眼角都会泛着泪光。这让我明白了母亲叮咛的沉重。这也让我们明白夫妻间和睦相处的可贵。

3年前，为了上班方便，我们买了小汽车。我们把买车的消息告诉母亲。母亲听了很高兴，一直说好，我分明感觉到母亲心里些许的担忧。果然，母亲最后叮咛我："开车要慢点，不要急。"如今，每隔一段时间我都会给远在家乡的母亲打一通电话。在通话将要结束的时候，母亲最后一句话都是："开车要慢点，不要急。"每次说完这句话母亲才肯挂上电话。记得有次，我没有等母亲把这句话说完就挂上了电话。想不到母亲竟然回拨电话过来，把这句叮咛说完后才肯罢休。

变化的是叮咛的内容，不变的是母亲沉甸甸的爱。母亲的叮咛，没有华丽的辞藻，没有玄奥的哲理。母亲的叮咛就像乡间的杂草野花，土气、质朴，却素雅、清香，默默地温暖着我的心灵。

回眸，背后灯火璀璨

漫漫求学路，遇到的老师如一串串的明灯，或隐或现地闪烁在我人生蒙昧的夜空。

小学前，我没有上过幼儿园，幼年时乡村也没有奢侈的幼儿园可读。我的启蒙老师是我的外祖母。严格意义上说，外祖母并没有教过我幼儿园。但外祖母曾经教过幼儿园，于是我很乐意把她当作我幼儿时候的启蒙老师。外祖母的枕头边总会放些小人儿书，如《三国演义》《铁道游击队》等不管外祖母有多累，她总会为我读上几页。1970年前后，农村是一个书籍荒漠的年代，外祖母的这些小人儿书陪伴了我走过了书香氤氲的童年。

我是1983年，7岁那年进入木村的秧塘小学一年级的，当时我遇到的第一个小学教师名叫周子兰，她当时四十多岁，奇瘦，但眼睛转得很利索，直射过来，能让人心惊胆战。周老师留给我最大的记忆就是背书严格。那时，我们清晨要读完一节早读和一节正式课后才能回家吃早饭。但如果没有把书背好，周老师会把我们留下来背书，直到背好后才能回去吃饭。近三十年过去了，如今我还对小学一年级学过的一些课文记忆犹新。感谢周老师的严格，让我受益语文多背的种种妙处。

或许是自己成绩太差，在当时留级成风的背景下，我一年级留级了。重读一年级时，班主任是李老师，她和我外祖母同一个名，芸芬。李老师也是我的本家婆婆，就住我家门前。李老师和周子兰老师的性格正好相反，李老师很和善，从不轻易发火，她深受孩子们的喜爱。那时，我们每考一次，李老师就把我们的成绩记在墙壁上的光荣榜里。期末班里要评选三好学生，李老师就从上面挑选每次语文和数学考试都及格的同学。那次，李老师一下就挑出了三个同学，我的每次成绩都及格，但她并没有发现我。我当时很焦急，但又不好意思自己说自己。终于，李老师发现了我。我也成了三好学生，这也是完成读书生涯中唯一的一次获得三好学生。还记得在全校的表彰大会上，我得到一张奖状还有一支青色的圆珠笔，可惜，这两样东西都没有留下来。

在小学的其他老师中，留下深深印象的还有周峰（周冬根）、朱水生、皮唐生这三位老师。

周老师是刚从师范毕业的一个小年轻，他和我们这些孩子打成一片。我记得他晚饭后会带我们去爬马路边的后龙山，一座在我们孩子眼中最普通的山，可周老师却给了我们很多的乐趣与遐想。周老师喜欢叫我们"老特"，如今想起来依然亲切。

朱水生老师参过军，给人一种威严的气势，那时他是我们的班主任，一次午休时，班里的很多同学围观两位同学打架，只有我一个人趴在桌子上休息。朱老师把打架和围观的同学骂了一顿，然后竟然表扬了我，我还记得他对班里的同学说："你看人家刘会然，就不去凑这种热闹。"

皮唐生老师在我们村里的小学待了很多年，我记得他教我们的作文很奇特。上作文课的时候，他会念几篇例文，我们几个同学就分工把他念的例文快速记下来，待我们写作的时候，就把分散在不同同学处的例文凑起来，我们这种文章皮老师竟然很满意。

初中时，我读了两个学校，一个是本乡的尚贤中学，一个是邻乡的西沙中学。

我对本乡的尚贤中学没有太多的感情，那时的老师在我印象中没有留下深刻的印象，班主任是曾小平老师，对我们很严格，我们看到他就像耗子见到猫。但曾老师很重视我们的作文训练，每次都认真讲解。我曾经有一篇写牛的文章被他在班里诵读，这给我的写作增加了极大的自信。

在邻乡的西沙中学，很多老师留给我美好的回忆，也让我产生深深的感激，主要的有刘春生校长，刘衣保、朱文瑞、周炳贵等老师。

离开尚贤中学是因为我在尚贤中学的成绩实在太差，根本混不下去。是我们本家刘春生校长把我介绍去西沙中学的。没有这次的转校，我也许是读完初中就混入去广东打工的行列中。在西沙中学，刘校长给了我极大的帮助，不管是学习上还是生活上。刘校长为我的学习生涯起到了扭转乾坤的功效。

刘衣保并不是一个正式的老师，他是代课教师兼学校的门卫。我和村里的其他两人就住在他的值班室里。相比几十人的大寝室，这里正是个好地方，而且晚上可以看书到很晚。他为我的学习提供了极大的便利。

朱文瑞老师对我很友好，没有一点教师的架子，有时吃过晚饭，他会约我到校门外的山上去散步。那时他教我们初二的语文，他备课很细致，备课本上写得满满的，一节课下来，黑板也是满满的，有时还要写上几黑板。朱老师有时会让我去黑板上抄题目，让我有了当小老师的感觉。

周炳贵老师那时是教导主任，也是我们的语文老师，他人清瘦，上课喜欢品味文章的段落和语言。他边讲解的时候边咀嚼，一个个汉字就像他嘴中的一颗颗豆子，越咀嚼越有味儿。那时他很喜欢叫我回答问题，我不举手他会骂我。中考时我语文考了不错的分数，同学校时他一股劲夸我作文肯定写得好。据说，他对后来的几届学生都夸我语文好。那年，我成了西沙中学唯一考上县里重点中学的学生。

西沙中学还有几位老师如王勇俊、廖祥宾等老师都和蔼可亲，教给了我很多做人的道理。可惜的是，西沙中学撤并到了黄桥中学有好些年了。

在吉水中学，教过我的老师很多，班主任胡建堂最是让人感激。胡老师那时教我们历史，我们对历史很感兴趣，而且学得都很好。胡老师最让人感动的地方是为我们树立崇高的精神理想。在高一时他就说我们班级能创作奇迹，到了高考，我们班成绩在整个地区都名列前茅，并且勇夺地区文科状元。奇迹在我们师生的努力下真的可以实现。

在高中时教我们数学的是况善贤老师，是位可亲可敬的矮小老头儿，讲话慢声慢气。只可惜的是,我数学没有学好,辜负了老师的期待。教英语的是许永清老师,讲课十分认真细致。

在井冈山师院上大学时,和班主任郑乃勇老师接触并不多,但我们毕业时他讲过的一句话让我依然感动。他说:"你们毕业后,混得再差,只要你来找老师,老师一定会接待你们的。"

难以忘怀的老师历数起来还有许多。除了一两位,毕业后由于种种原因就没有联系过了。但不管如何,如今一回眸,他们的身影恍若在眼前,他们就像一盏盏不灭的明灯在我身后鳞次栉比地闪烁着,在不同的阶段的用光明引领着我们成长。

正是因为有这些连绵不断的明灯,我们才会从懵懂孩童前赴后继地走向成熟。师恩如灯,光耀千秋。

父 亲 的 泪

父亲五十多岁了,是位退伍军人,整天是一脸的严肃。在我的印象中,父亲是从不流眼泪的。在孩子们的心底,父亲永远是副铁石心肠。

小时候,父亲在一次耙田时被耙扎到了脚。耙在脚背上扎了几个深洞,鲜血直流。一旁的我们吓得面如土灰,哇哇大哭。母亲也吓得六神无主,泣不成声。父亲却哼都没有哼一声。过了几天,父亲的脚因为毒性大发已经胀得发紫发黑,疼痛异常,可我们一直没有看到父亲的眼角有过泪水。

可铁石心肠的父亲却为了他的儿子,为了他儿子的儿子,竟然几度泪水滂沱。

我在县城读高中。高考那年,就在高考前两天,我和同学两人相约去电影院看场电影调节紧张的心情。回来的路上，在一个偏僻处，几位打劫的家伙拦住了我们，他们四五个人，手里拿着砍刀，铁棒，是社会上的一些"小啰啰"。打劫的要我们把钱拿出来，我把身上的钱拿给了他们，可他们还不甘心，用长长的砍刀威逼我们去宿舍再拿。年轻的我们也很倔强，回绝了他们无理的要求。这几个人恼羞成怒，用刀背狠狠地敲打我们。

乘他们不注意的刹那，我拔腿就跑，成功逃离后，我很快地报了警。

这次，我只是受了一些皮肉之苦，身体没有任何大碍。可这件事很快就沸沸扬扬传到了老家。村里人都说我遭歹徒用刀砍伤。父亲听说后，马上差母亲来城里。母亲到城里后告诉我：你父亲一听到你在城里挨打的消息后，眼泪就刷刷往下流……

我知道父亲担心的并不是儿子参加不了高考，而是挂念着儿子的性命安全。

前年，我的儿子出世了，父亲是高兴得合不拢嘴，常常抱着儿子，并亲切地叫唤儿子为"小果仔"。不过儿子晚上特别喜欢哭的，弄的全家人都不能好好睡觉。父亲有早睡的习惯，平时我们要是在他睡觉的时候哪怕是发出大一点的声音，他就会大骂一顿，但儿子的吵声他却没有一点怨言。

去年农历二十八那天，儿子流鼻涕，我们以为他感冒给他喂了点感冒药，但好像没有什么效果。到了三十那天，发烧，喉咙也肿得很大，一喝水就呛出来。到乡村诊所打吊瓶不起任何作用。大年初一，到乡里的诊所，打吊瓶退烧，仍然是没有效果。那个时候还不知道是麻疹的潜伏期，大年初二，到县医院初步诊断是麻疹，在医院里输氧，打吊瓶，到晚上儿子的体温达到了41.5度。县里的医生要我们赶紧转到地区医院去。我们又匆忙转到了地区妇幼保健院，在那里确诊为"麻疹"并且有并发症，喉炎和肺炎。医生说相当的严重。

住院开始的那几天，儿子的体温还是徘徊在40到41.5度之间，而且一直降不下来。儿子也一直昏昏沉沉，不能吃喝，打针时也多次处在昏迷状态。

家里人几乎都来到医院来了。因为是春节，父亲在家里要招呼客人，所以不能前来。当他一听说孙子情况比较严重，而且高烧不退的情况，很担心，特别是知道医院下来病危通知后，父亲流泪了，而且一发不可收，最后竟然"呜呜"地大哭起来。这些天，父亲总是一个人在电话机旁默默守候我们的消息，直到一个多星期后孙子健康出院。

第四辑 / **做好你自己**

"贺卡"随思

圣诞、元旦的接踵而至,大街小巷里店铺里代销的各种贺卡琳琅满目,花色样式也异彩纷呈。

每次看到男男女女因挑选到一张精美的贺卡而兴奋的时候。每次看到身旁的同事因收到远方寄来的一张贺卡而雀跃的时候,我心里却总有一种失落的情怀。虽然,每年这个时候,我也会不自觉地把写满祝福的许许多多贺卡投向四面八方。但此后,我便会迅速忘记我给谁寄过贺卡。我也总会不断地追问自己:用贺卡真能维系友情吗?

现在我们拼命地写满祝福和期待,但真正知心的朋友又有几个? 扪心自问,我们大多分人在写、在寄贺卡的时候,只是在完成一项每年难以推脱的任务而已。

真的怀念学生时代那段美好的日子,特别是同学之间那份不需要用任何外在的东西维系,但却有着一份诚挚的,一段刻骨的兄弟情谊。

在那时,同学之间不会去计较谁的权力高低,也不去关心谁家里钱财的多寡,那时我们不懂世事的繁杂,也不理会世俗的险恶。生活上谁有痛苦用真心去安慰,谁有困难就伸出双手去尽自己最大的努力去帮助就是了,而不会把"兄弟,有事尽管找我"时时挂在嘴上。

在那时,几根咸萝卜足以让同一寝室的兄弟促膝长谈到深夜,谁带来一罐子红烧肉准是一帮难兄难弟一个星期的节日。那时,我们不会刻意去期待友情的天长地久。分手时,也只是简简单单地打个招呼,便一头扎进了各自的生活中。没有盛大的告别宴席,没有海誓山盟的称兄道弟,更没有又拍肩膀又跺脚,

又送礼来又送物。

现在我也工作了好几年，也结识了不少朋友，之间也不断有短信和电话来往，但感情总像缺了一点什么。你最需要倾诉的时候，你不会想起他们。你最需要帮助的时候，也不可能想起他们来。你想起的还是那伙老哥们。这也是妻子不理解的是：一个数年没见的老哥们向我借近万元钱我连眼皮也不眨，而酒桌上的朋友向我借两百元，我也拼命找借口的原因了。

昔日的同窗好友如今天各一方，为生活不停地奔波劳碌着，谁也没有太多的时间和精力来经营友情这朵娇贵之花，也不需要每年都聚聚会、叙叙旧，但在彼此的心灵深处，这朵友情之花却永远盛开着，原因就在于它扎根的"土壤"有着艰辛的生活实质，是用心灵浇铸而成的心之花！

独 品 黑 夜

身居都市，事务缠身，每天面对嘈杂喧嚣的环境，忙忙碌碌的人群，看着车来车往，躲闪灵动的五彩招牌，我们的身心不免疲惫且不堪重负。

在白天的忙碌和奔波之后，就让我们来享受闲暇的黑夜，享受黑夜那份独特而又恬静的风情。在黑夜中，我们可以把白天的琐碎抛在脑后，细细咀嚼生活中的酸甜苦辣，像受伤的小鸟舔尽流血的伤口。我们也可以感受生活中的人情世故，像一位满脸伤痕的老农面对天边的晚霞。在不知不觉中，我们的岁月中又会多一份沧桑，一层厚重，思想与阅历亦在期冀中逐渐成熟。

漆黑的夜，无论它是云淡风高，白霜满地；还是云笼雾罩，夜色苍茫，大自然都像一张恬静而温柔的网，默默地消除跋涉攀登中所有的劳顿与困倦，抚慰着孤独而又寂苦的心灵。不管夜色有多黑，只要我们独处一隅，关闭整天繁忙的手机,开启久闭的心灵之门,把亲人、朋友、同事挡在"门"外,泡上一杯咖啡或沏上一杯淡茶,敞开胸怀,放眼漆黑的天边,你会感觉到一份许久没有过的惬意和满足。

沐浴着夜色,思绪有如断线的风筝,它会随着你思想的琴弦漫天自由地飞舞,这时,在记忆中曾经淡忘的悠悠往事会给你送来缕缕清香。曾经的那个凄美的故事,那段动人的恋情,那首童年的歌谣等都会与你如约而至。少年时的理想和对未来的憧憬也会乘一叶风帆从遥远的天际徐徐而来。在所有曾经拥有的思绪中,不管是辉煌还是失意,都会在淡淡的夜色,浓浓的茶意中,如轻烟飘然而逝。所有的一切,也都会留存给我们一份重新对生活的执着与渴求,并在夜色中久久藏蕴心间。

没有玫瑰的浪漫

玫瑰一直是妻子心头永远的痛。

自恋爱、结婚到现在,我还没有真正意义上送过任何一束鲜花给她,更不用说玫瑰了。

我并不是一个不爱美的男人,也不是一个浪漫不起来的人,而是一个有自己浪漫体味的人。妻子说:你不懂浪漫,是因为骨子里还流着乡村父辈的血。

妻子说得不假。虽然我离开农村数年了,但我永远是农民的儿子,随着年龄的增长,我的乡村情怀也越来越深,甚至在某个春雨的午后,落日的黄昏,我都会忆起童年在乡村那种生活来。

记忆中的家乡,每到春天田野里、山坡上、小溪畔总会有数不清的好看的花,大红的茶花,淡黄的野菊,殷红的杜鹃,更别说姹紫嫣红的桃花、梨花、海棠花和遍地的映山红了，就连田埂上不起眼的打碗碗花也是那么的迷人可爱。

记忆中，家乡的春天总是一个花的世界，而我们这些小孩子则是花世界中的精灵。农村的花没有城里的那么娇贵，但却有一种比城里花更多的清香，伴随着城里的花的是尘嚣车流和人流。还有，城里的花是不可以随便摘的，你一摘准会得到许多白眼。乡村的花，只要你喜欢你可以随心所欲地摘。你可以一朵一朵地摘，也可以大把大把地摘，这里没有人会说你，更不需要看人眼色。

农村的小女孩买不起头饰品，她们会把一朵红红的月季或淡白的蒲公英插在稀疏的黄发上。她们有时会用许多不同的花缠绕成一个色彩缤纷的花环并把它们挂在脖子上。用各种鲜花做小饰品永远是乡村女孩的拿手好戏。

农村人并不是不懂浪漫，农村人的浪漫自有他的情怀。

在我们眼里：雨后的黄昏，坐在咖啡厅里情侣相对是一种浪漫；月后的花下相拥而坐，窃窃私语是一种浪漫；在大街上抱一簇大玫瑰是一种浪漫。

可我觉得，在一抹斜阳下，农民嘴里叼着一袋烟，放目辽阔的田野，就不是一种浪漫吗？

农民本性质朴，讲求的是实在。他们受不了舞厅眩晕的灯光，他们不明白咖啡苦涩，还不如自家的土茶，可还这么多人花钱去喝。在他们眼里几十元上百元一簇的玫瑰还不如篱笆上的牵牛花那样充满生机与活力。

没有太多的金钱和精力让他们去找寻城里人的浪漫，他们可能还不知道浪漫的含义是什么，但这并不能影响他们幸福的生活。

秋天庄稼的收获是他们的浪漫，年终一家团团圆圆是他们的浪漫，每天能和芬芳的泥土打交道也是他们的浪漫，别一朵幽香的丹桂在老伴花白的头上更是他们别出心裁的浪漫。

不知道浪漫的形式有多少，但我清楚浪漫永远是一种心情，一种烂漫的情怀。手捧玫瑰是浪漫，但手里没有什么也可以浪漫。浪漫并不只是城里人的专利，乡村人同样拥有。就像幸福，浪漫也永远是一种心灵的感觉。

"错过"之美

有一个朋友，由于种种原因与初恋情人擦肩而过。结婚后，总认为自己的初恋是最浪漫的，幻想和初恋的情人结婚，应该是最幸福的。

一次偶然的机会，他和初恋情人见面了，彼此说出了自己多年来的想法。于是，他们匆匆地离了婚，又闪电式地结了婚。

可是重新的结合并没有他们想象中那样的美好。重组的浪漫像流星，辉煌但短暂。曾经的浓浓怀想被生活中的柴米油盐所冲淡，彼此没有发现过的弱点也在平淡生活中凸显无遗。

曾经听到过一个凄美而又浪漫的爱情故事：抗战时期逃空袭，一浪子在防空洞邂逅了一位少妇，相处不过半小时，互相连姓名也来不及问就离开了，但他对这位少妇充满着深深的爱恋，数十年仍为之荡气回肠。

或许，正是因为相处时间的短暂并错过才会使那位浪子对之产生经久不息的怀念。

我们总习惯于津津乐道初恋的美好，使我们刻骨铭心，原因就在于我们大部分人的初恋是短暂的并最终错过。初恋的情人并没有成为最终的爱人，这才使我们对初恋难以忘怀，并想象出她的种种美来。我们对错过的总是充满瑰丽的幻想，充满神奇的憧憬。

错过，其实也是一种美。在你的心目中，曾经爱过的人永远是美丽的、神圣的。

湛蓝的海浪掬在手里，只留下淡淡的盐水；天边的云彩璀璨亮丽，当你乘飞机从中穿行而过时，它只不过是一团翻腾的水汽。美的东西一旦真正拥有，这种美也就悄然变色了。

在人生的路上，我们注定要与许多成功失之交臂，注定要错过许多风景名胜，许多刻骨铭心的感情……

既然错过也是一种美，我们又何必去苦苦追寻那失去的种种？何不把它藏在心灵深处，在春暖花开的季节中，在冷雨敲窗的日子里，慢慢地来品味这种错过之美呢？

没有"后视镜"的车

这次短途旅行带给我的感悟是我一生都难以忘却的……

那是丹桂飘香的时节，我和几个朋友相约去市郊的农村游玩。我们是坐一个同事的小汽车去的。一到市郊，我们就被农家所特有的风韵倾倒，胡乱把车停靠在一农家门口的篱笆旁，纷纷下车，投入乡野风光的怀抱。

饱览了秀丽的乡村风光后，我们兴高采烈而归。一到汽车身边，就发现出事了，原来是车的两个后视镜被一群农家顽皮的小子用石头敲破了，玻璃破碎不堪地散落在地上。这时那群小孩子早已害怕得四处逃逸了。

该回去了，可在偏僻的乡村没有修车的地方，换一个后视镜是不可能的。怎么样开回去呢？从来没有这样的开车体验，我们都很纳闷。这时同事一起带来的朋友小松说：我是公交公司的，天天开公交车，我还参加过市里汽车大赛，得了第二名，驾车的技术应该够娴熟。

我们上路了，在乡间的小道上，来来往往的车子比较少，汽车在小松熟练的操纵下十分舒坦，我们也一路欢歌一路笑语。

很快，车就转入国道行到高速路段了，车子也多起来了，如水如龙。上了高速路段，可我们感觉车速却慢下来了。我们疑惑，到了高速路车子应该更快了啊。这时，前排的小松神色紧张，他眼睛左看右张，几次转弯之后，已经是大汗淋漓。可车子并没有加快，却像蜗牛爬行。最后，小松干脆把车子小心翼翼停在路的边缘。

我们问小松：怎么了，车不能前进了吗？身子扑在方向盘上小松一脸沮丧地回了一句：没有后视镜，看不到后面的路！

难道不能回顾后面的路也会导致汽车难以前进？

没有后视镜的汽车终于无法前进了。最后，我们只好弃车徒步多花了数倍的时间而归。

其实，在人生的路上不也是如此吗？我们都在奋力追求一切向前，而往往忽视曾经的挫折与失败，经验和教训，虽然一时也能够一帆风顺，长驱直入，但长期不愿回顾过去与历史，最后还是不得不在前进的路中"搁浅"以致寸步难行……

多"滚"几步

小时候，一次和爷爷一起去开他那俩运营的渡轮，在路程一半时，下起了前所未有的暴雨，洪水带着巨浪不断地朝船头猛撞，即使船开到最大马力，还是不断地被巨浪冲向下游。爷爷朝几位水手大叫了几声，拼命向左转动着船舵，有时甚至往后转舵。我问爷爷，船不前进，回去吗？

紧张忙碌着的爷爷没有回答我。我只看到船的航线不断地向左转，向后转，向左转，向后转……

待我睡了一觉醒来的时候，我发现虽然河水还是那么凶猛，我们却安全地到达了我们的目的地, 虽然花了平时近5倍的时间。

大学毕业第一年, 我工作的那家单位忽然在我大展宏图的时候解聘了我, 这时热恋的女友也离我而去。那段时间, 我精神几乎陷入崩溃。

我打电话给教过我们历史的老教授。听完我的大段大段的诉苦后, 老教授只是淡淡地对我说:"多滚几步!"

"多滚几步", 似曾熟悉的一句话。放下电话后, 我才想起了这是在大学时, 当我们碰到困难时, 老教授对我们说得最多的一句话。老教授曾经给我们说过:既然一个地方能够使你重重"摔倒", 那么, 它一定是条不平常的"路", 摔倒后立即能够站起固然可敬, 但马上站不起来也不用着急, 你可以多滚几步, 或许, 多滚几步你就能抓住一棵小树, 或其他什么"支撑物", 那么站起来不就更容易一点了吗?

打完电话后, 我仔细分析了我被解聘的原因, 思考我在公司里为人处世的表现以及工作的态度、策略, 思考了几个星期, 多"滚"了几步后, 我终于重新如愿地找到了现在的这份工作。

著名的体操王子李宁兵败首尔后, 面对别人的嘲笑和不解, 他并没有选择立即在摔倒的地方立即站起, 而是多"滚"了几步, 虽然这几步也不简单, 但他最后还是重新站起来了。现在李宁的体育用品早已是老少皆知, 老少皆爱的著名品牌了, 李宁也代表中国运动员点燃了北京奥运会火炬, 谁能说李宁没有站起来, 李宁不是一个成功者!

在人生路上经常会"摔倒", 摔倒后立即能够站起固然可敬, 但有时多"滚"几步又何妨, 多"滚"几步是为了更好地站起来。多"滚"几步站起来的人, 他同样是生命的强者!

莫负"垃圾"上路

小时候，我一直是孤独，不快乐的，原因就是我憎恨身边的人说我的坏话。每当小伙伴们说我的坏话后，我总会丢下一句：我会恨你一辈子的！参加工作后，我这个毛病还是没有改变，以至于我在单位里成了孤家寡人，直到我22岁那年，母亲给我讲了下面这则故事……

茂密的森林里住着猴子一家和山羊一家。有一天，猴妈妈对两个猴儿子说，山羊大伯今天邀请你们兄弟俩去做客。于是，猴兄弟手牵手，兴高采烈来到了山羊大伯家。山羊大伯为他们准备了很多可口的食物。可猴兄弟生性好动，当看到山羊大伯书房里琳琅满目的收藏品时，猴兄弟更是东看西窥，左钻右跳。看得正欢时，兄弟俩却不小心把山羊大伯收藏的花瓶从书架上碰撞下来……

在晚餐的时候，山羊大伯表扬了猴兄弟在没有猴妈妈的带领下勇敢穿过危险的森林来到大伯家，同时也委婉地批评了猴兄弟的活泼顽皮。

在回家的路上，猴大哥想到山羊大伯的表扬就异常兴奋，一路欢笑一路歌。猴小弟却牢牢地记着山羊大伯的批评就一路叹息一路忧伤。

故事讲到这里，母亲问我：你喜欢猴兄弟里面的哪个？

我毫不犹豫地回答：猴大哥！

母亲接着说：是啊，谁都喜欢猴大哥这样的乐天派。可生活中大多数人，别人对他说过的好话往往只会记住几分钟，转瞬即忘。别人对他的批评的坏话却能数年不忘，久久难息。假如我们把坏话当作垃圾，把好话当作金子。我们身边大部分人却很乐意去收集散发恶臭的"垃圾"，而不愿意去珍藏灿烂发光的"金子"……

女 士 优 先

这次旅途是我一生都难以忘却的,虽然并没有发生什么惊天动地的壮举,但我还是想把它告诉我身边的每一个朋友……

那天我出完差后,从乡镇搭车回城里。因为是条城乡公路,路况很不好,坑坑洼洼的,还有一段正在整修。客车上的乘客也不多,除了我还有几位乡下中年妇女。

当客车经过一个叫枣花的小山村,十来位上了年纪的大妈和大爷站在路边,他们都是等车去城里的,听他们的议论,好像是去城里参加一项什么老年活动。

看到这群老人颤颤巍巍地上来,我赶紧让出自己的座位。可那几位妇女要么眼睛微闭,装作假寐;要么把眼睛别向窗外,看着天边的云霞。

经过了售票员前扶后托,那群老人终于全部上来了。这时,车厢里也热闹起来了,他们前呼后拥,纷纷寻找自己的位置。还不要说,今天真巧,他们刚好坐满了位置。等他们都坐稳后,客车马上要起动了。这时,路边又有两位大妈蹒跚地小跑过来。售票员对她们说,车上没有位置了,你们就等下一班车吧。可她们说有要事去城里,不能耽搁。售票员只好把她们俩扶上车来。

两位大妈上来后,发现真的没有位置了,只好把手里提的东西放在脚下,用双手紧紧地抓住车厢里横杆上的拉环。我环视了一下,位置上除了两位上了年纪的老伯外,其余的都是女性。

这时,我听到了两位老伯嘀咕了几句,正在开车的刹那,他们呼地站了起来，用右手一摆，像绅士一样，很洒脱地对两位抓住拉环的大妈说一句：女士优先，你们坐吧！俩大妈先是一惊，然后是说了几声谢谢，也就顺势坐了下去。

车子就这样摇晃地开着，在修路的那一段，我和那俩老伯死死地抓住车的拉环，身体左右晃动，活像吊在树上的秋千一样，在车厢里飘荡。

还在车上的时候，我就一直在想，当俩老伯说出那句"女士优先"的时候，是需要多么大的毅力和勇气啊！他们本来就70来岁的年纪，他们上车的时候，脚腿就很不灵便。再说，老年男性与老年女性相比，身体状况要弱很多很多。嗨，"女士优先"这句很平常的一句话，对我们年轻的男同胞来说是很轻而易举的，可对两位70来岁的老伯……

有时候，生活中一句很看似很平常的话，就像这句普普通通的"女士优先"，却砸响了生命的最强音。下车后，看着这两位老伯互相搀扶着，蹒跚着，渐行渐远，我的目光久久地停留在他们的背影之上……

踩踩影子又何妨

孟芳是初二第二个学期才从外校转到我们班来的，她是由校长亲自带到我这里报名的。报完名后，校长把我拉到办公室的一角，把孟芳的情况给我简单介绍了一下：

孟芳的父亲原是一个单位的领导，由于贪污受贿并生活腐化，前些日子被判刑关了起来，这件事情在孟芳原来的学校传得沸沸扬扬。同学们都取笑、辱骂她，说她是贪污犯的女儿，大坏蛋的女儿。一向活泼开朗的孟芳为此受到很大的打击，以至于害怕去学校上学。为了她的前途考虑，她母亲决定把她转到我们学校来读……

　　第一次与孟芳相见,孟芳清秀的脸蛋,大大的眼睛就留给我深刻的印象,只是脸上还厚厚地笼罩着忧郁的阴霾。孟芳来到我们班,就像平静的水面投了一块石头,涟漪荡漾。或许是换了新环境的原因,孟芳的脸上慢慢涌起了笑容。班里的同学也喜欢孟芳,不到一个星期,拥有银铃般笑声的孟芳就和班里的同学打成了一片。

　　但这又是短暂的。

　　五一长假结束后,班里的同学就有意识地和孟芳疏远了。听他们议论,原来是班里有个同学在假期里正好认识了孟芳以前班里的一个同学,以前班里那个同学把孟芳的故事告诉了他。没有不透风的墙,不到几天,班里的同学都知道了孟芳的过去,也纷纷和孟芳划清了界限。涉世不深的孩子爱憎分明,谁愿意和一个有污点的父亲的女儿为友?

　　孟芳又一次陷入了孤苦伶仃的深渊。

　　那天,正是体育课的自由活动时间,孟芳独自一人在操场边角对着一垂柳发愣。我走了过去,这时太阳正缓缓升起。

　　我轻拍孟芳的肩膀,问,喜欢阳光吗?孟芳淡然地回答,喜欢。我接着问,你看看你背后是什么?孟芳看了背后一眼说,是树影啊。我问道,让我们去踩踩树的影子好吗?孟芳感到很疑惑,当然可以啊。于是我们就狠狠地踏在柳叶淹没阳光的阴影上。我边踏边问孟芳,你说垂柳会喊痛吗?孟芳说,影子怎么会痛?痛的是我们的脚啊。

　　是的,影子怎么会痛!痛的是我们的脚。

　　其实每个人都有自己的影子,它可以是成功,也可以是失败;可以是赞誉,也可以是指责,它们一生都会跟随我们。现在你父亲的污点就像你的影子,它会一生都会跟着你的。别人取笑你父亲的种种不是,就有如踩在你的影子上,不管别人如何用力,疼痛的是他们的脚,而不是你的影子。既然如此,在他们踩你影子的时候,你应该如何去做?

　　孟芳若有所悟,在接下来的日子里,孟芳开始以微笑的眼色面对同学对自己影子的踩踏。不久,同学被孟芳的宽容的胸怀所感染、征服,渐渐地停止了对孟芳的敌视。这个学期还没有结束，孟芳银铃般的笑声又在同学们之间绽放了！

种植生命的绿洲

大学毕业那年，寝室的哥们都是绞尽脑汁往大都市里挤，可老六铁托鬼使神差地选择了邻市一个偏僻的铜矿。

那个铜矿我们早有耳闻，处于两省交界的地方，山连着山，出入很不方便，矿区除了一条坑坑洼洼的黄土路，没有其他的道路可以进入，整个矿区常年处在烟尘飞舞的环境中，难得见到明媚的阳光。这里各种机器日夜震天响，最要命的还是手机信号也不稳定，联系外界很不方便。由于开采矿石，矿区周围的山光秃秃的，一片荒芜。大我们一届的师兄有人曾去那地方工作，还没有待上3个月就卷被子逃离了。难怪有人说，那里不是人待的地方。

在我们室友中，铁托专业最扎实，其他方面的能力也挺不错，就他这个条件，在大都市找个工作应该问题不大。在还没有正式签约铜矿之前，我们也劝阻过铁托，我们都说，你可不能把自己往火坑里推啊。可铁托就像倔强的牛，硬是没有回头，也不知道他看中了铜矿哪一点。

毕业后，我们都找到了自己工作，在攀比中，我们总是不满意，不断辞职，不断跳槽，往条件好，环境好，待遇好的单位使劲。

整天整月在都市里穿梭，难得有闲心和室友们联系，即使见了面，也是来去匆匆，各奔前程。我们这些室友都天南海北地游荡，只有铁托纹丝不动。

那次，单位组织了一次自驾游，刚好要经过铁托的铜矿附近。我决定顺路去拜访铁托，看看身处矿区的他现在到底是什么模样了。

矿区和想象中的没有两样，各种运岩石的车在工地上来往飞奔，路面被重型车辆压得惨不忍睹。整个矿区烟尘飞扬，像沙尘暴，恍如身处大漠。

在一幢陈旧的办公楼里找到了铁托，铁托正踌躇满志地阅读文件，看到我的到来，很是惊讶。

铁托说要带我去参观他们的矿区，我一口回绝，说真的，这样一去，我的衣服可就会染成土色了。铁托把我带到他的住处，是一个原始的筒子楼，古朴得有点寒酸，就连一台最普通的电脑也没有，我惊异他是怎么过下来的。

铁托房间很简单，只有一张单人床和一个木头钉的书架。书架摆满了各种书籍，什么四大名著，莎士比亚，尼采，嗨，在这样的地方，他还有闲心看这些东西，我还真佩服他。靠床的墙壁上贴了几张奖状，都是什么工作积极分子。我问他一张奖状的奖金是多少？铁托嘿嘿一笑，说，没有奖金，就发本笔记本作纪念。我说现在是什么年代了，还在使用打发小学生的伎俩。可铁托竟然说，这样也不错。

铁托的住处有一块阳台，在狭窄逼人的阳台上，各种破旧的坛坛罐罐琳琅满目，在这些容器里种植了各式各样的花草，有太阳花，兰花，丝竹等。花，争相怒放。草，青翠逼人。在花草之间，还巧妙地布置了一些微型的亭台楼阁，真像个小型花园。

铁托告诉我，他每天都要花大量的时间来侍弄这些花草。

我责问铁托，在这样的环境下，你还有心思侍弄花草，你难道就没有想过离开这里吗？

铁托说刚来时想过，但现在不想了。我说为什么。他说，为了阳台上这些花草。我说你是不是太傻了，竟然会为了一些花草而让自己的青春固守在这片荒凉中。

我没有傻。

铁托诚恳地说，其实，每个人不管身处何方，原始的心灵都是荒凉的，应该努力才能打造成为一片绿洲，就像你们不断跳槽找好的工作，也就是为了寻找属于自己生命的绿洲。但这种追求却又是无法满足的，荒凉注定了人们要不断去寻觅自己生命的绿洲。

铁托接着说，尽管我们不断寻觅生命的绿洲，但生命的绿洲并不是人人都能找到，既然我们不一定能够找到，何不在心灵上为自己种植一片绿洲……

很快，同伴在催促我，我们要往下一个目的地赶了。坐在空调吹拂的车厢里，透过蒙蒙的灰尘，铁托在他繁花绿叶的阳台上，一脸的陶醉。

尽管身处荒漠，我想铁托应该是幸福的，因为他已经为自己种植了一片生机盎然的生命绿洲。

老师就是镜子中的你

当老师有一段时间了，每接一个新的班级，面对陌生的孩子，我都会遇到很棘手的一个问题，那就是孩子们总喜欢抱怨老师对谁坏，老师对谁好，老师很偏心。男生说我对女生好，女生说我对男生好；学习好的孩子说我对暂差生好，暂差生说我对学习好的同学好。很少有孩子认为我对他好。为此，我很苦恼，如何去端平班级这一盆水一直困扰着我。

说实在的，我是很热情公平去对待每一个孩子，但孩子们还是无法理解老师。可能这是现在孩子普遍的偏见。

这样，时常问我作业、热情请教我的孩子，情感上和我关系也越来越近。整天对我不理不睬，不愿在课堂上积极表现的孩子情感上离我也越来越遥远。虽然我很用心地调和这种矛盾，但效果甚微。天平的两端倾斜越来越严重。

那天，我照镜子的时候，发现镜子里的自己脸色很憔悴，头发油腻，胡须杂乱，样子十分吓人。这就是我吗？看着镜子，我发愣。我赶忙把胡须剃掉，梳理好头发，镜子中的我换了人似的，神采奕奕。我对镜子微笑了一下，镜子里的我也给了我一个灿烂的笑脸。

我如有所悟。以什么样的脸对着镜子，镜子回报你怎样的脸。我和孩子们交往不也是这样吗？

回头一想，那些经常抱怨老师的孩子，他们的表现又是如何呢？他们对老师好吗？作为学生，对老师好自然是上课好好听课，课后好好做作业，不惹是生非等很简单的几件而已。他们做到了吗？看来不能一味地从自己身上找原因了，也要让孩子们也明白自我的原因。

班会课上，我要孩子们写一篇"我和老师"小短文，要求他们把"老师对我怎么样"和"我对老师怎么样"写下来。

写好了一看，部分孩子有了愧疚感，说上课没有认真听老师讲课，课后没有按老师的要求认真做作业，对老师不礼貌等。

我乘机对孩子们说，你们整天抱怨老师对你们不公平，你们照过镜子，你对镜子笑，镜子也会对你笑。你对镜子哭，镜子也会对你哭。其实老师就是镜子中的你。你对"他"如何，"他"就对你如何。我要孩子们把"老师就是镜子中的你"这句话写在笔记本上。

接下来的一段时间，我发现以前那些不和我交流的同学都纷纷和我走近了，上课也积极表现自己了。他们的热情感染了我，我对他们更热情。即使我偶尔对孩子有不足的地方，他们也很能体谅老师。很快，我和孩子们相处得十分融洽，再也听不到抱怨老师不公平的声音了。孩子们似乎都懂得了"老师就是镜子中的你"这个简单的道理。这或许也是孩子们一生中待人处事的大道理。

心灵里的"工具"

我教的那班孩子很粗心，在做作业特别是写习作时，每写几行字都会出现错别字或笔误。一出现，孩子们就从文具盒里翻找橡皮擦、涂改液或透明胶带去擦拭、粘除错误的地方。每次都告诫孩子们写字要细心，不要涂涂改改，这样既潦草不堪，又无形中浪费了时间。我说过之后，孩子们嘴里总是回答说，好的，好的。接下来孩子们仿佛很认真、细心去书写，可写不了几行，涂改的动作又会反复出现。

孩子很用心想去改正这个涂改的坏习惯，但效果很不明显。孩子们很苦恼，我也很无奈。

我想到自己平时也喜欢写点文章，但很少像孩子那样频繁出现错别字或笔误，为什么呢？我想自己肯定是养成过细心、谨慎的习惯。那我的习惯又是怎样养成的呢？

我忽然想起，小时候家里很穷，父母很少为我买本子和橡皮擦。为了节约纸张，我每次做作业时都是小心翼翼，怕写错字去涂涂改改，一来我没有橡皮擦，二来浪费了书写的空间。那时班里也只有几个孩子有橡皮擦，问他们借过几次，但受不了他们那副盛气凌人的神情。干脆，我强迫自己不去写错别字，一段时间后，竟然真的很少出现错别字了。

看看我眼前的这些孩子，每个人漂亮的文具盒里都躺着香气扑鼻的橡皮擦、白色的涂改液和透明胶带。一出现书写错误，他们马上用起这些消除痕迹的工具，在这些工具的功劳下错误很快就销声匿迹。

他们不够细心的，原因或许就在于他们有太多可以依仗的工具。

那天在班会课上，我让孩子们把自己的涂改工具全部上缴。我告诉孩子们从今天起，这些东西是不能出现在教室里的。孩子们大呼不行，没有这些工具他们写字会寸步难行。

开始这两天，脱离了工具的孩子们写字的确举步维艰。看到他们每写几行就要寻找涂改工具的模样让人同情。但在我的监督下，他们又无可奈何，只好硬着头皮小心翼翼去写。

过了一段时间，他们竟然有些适应了，没有工具的帮忙他们也能写上数行才会出现个一两个错别字。半个学期下来，我发现他们没有工具完全能自如写字了，而且书写很整洁。不仅如此，我发现他们在干其他的事情也比以前细心、谨慎多了。

这样看来，有些工具对孩子并没有任何帮助，相反会使孩子产生一种过分依赖。这也使我明白，外在的工具犹如拐杖，用久了使人一辈子都离不开。诸如小心、细致、谨慎等心灵里的"工具"才是孩子们一生最好的工具。

能去书店的孩子，真幸福

每次去市新华书店，总能看到一些孩子或蹲或站，零零落落散布在书架的缝隙中。看着他们捧着书本甜蜜地阅读，心里想，这些能沉浸在书的熏陶中的孩子，真幸福。

偌大一个书店，真正来这里看书购书获取这种幸福的学龄儿童并不多。其实我也知道，大多数孩子在闲暇时间或假期里都忙着去上各种所谓的辅导班去了。在父母的要求下，或许他们只能去读那些所谓的考试科目的书了，而一些有益的文学书籍他们是无法亲近的。

都说现在的孩子幸福，但我认为一个不能阅读自己喜欢的书籍的孩子是可怜的。那天，我曾碰到一位匆匆赶到书店的一位小男孩。我问他为什么如此匆忙。他说，他是从老师辅导的地方偷跑出来的。他擦拭着汗津津的脑袋说，这里有一本很精彩的书，他上次看了一部分，很想看完，但父母却不让他来书店，书实在吸引人，所以他今天偷偷地跑出来就是想把这本书看完。

看着这位跑得满头大汗的小男孩，我一阵唏嘘。

记得一位著名人士说过这样一句话，会看书的孩子不会差，也不会变坏。前些天，又看到2008年诺贝尔文学奖获得者法国的克莱齐奥在获奖演说中说过这样一句话："我理解了对孩子来说还比较模糊的一个真理，那就是：书籍是比不动产或银行账户更珍贵的财富。"

一个孩子能从小爱上阅读，我想这是一个孩子的幸福，也是一个家庭的幸福。可如今，有多少孩子阅读的爱好被父母短视的目光、现实的功利所抹杀。在父母眼中或许只有与考试成绩有关的书本才是真理，其他的书都不能碰。我接触过很多带孩子来书店的父母，他们一进书店都是直往教辅区奔，去买老师指定的复习资料。很多孩子能来书店看书都是一个人偷偷过来的。

可喜的是我发现了少量的农民工的孩子也来书店了。他们来书店的初衷竟然是由于父母要上工没有时间陪伴他们。真想不到，父母无暇管束竟然成就了这群孩子走进书店，亲近书本。我曾问过一个来自江西的农民工的女儿。她说，这里的书店真好，有这么多书，她一个假期能看上好几本，不过她也疑惑，城里的孩子来这里看书的为什么很少？小女孩当然不会明白，城里的很多孩子也都在埋头流汗在读"书"，但并不是像她一样读自己喜欢的书罢了。

教育学家朱永新说过："一个人的阅读史就是一个人的成长史。"缺少阅读的人生是不完整的人生，阅读能使人汇聚仁爱之心、文雅之气、宽容之怀、睿智之思。缕缕书香，才能奠基一个人最精彩的生命底质，愿书籍能为孩子的青春成长过程闪亮作证。

经典作品都是小我的

作为一个阅读者，我并不认为当代文学经典作品不多，以我微小的阅读量，我依然知道很多作家的一批经典作品，以每年国家级省级每种文学期刊一篇计算，不是少，应该就很多了吧。不过在评论家眼中，由于阅读量和阅读水平的原因，他们认为经典不多没有错。站在阅读者的角度，我认为阅读的最高境界是各取所需。还有，或许我比较偏激，我认为没有真正所谓的经典，正如林语堂先生说的那样，"这个世界上没有一本书是人人必须阅读的，只有在某时某地、某个环境或者某个年龄中一个人所必读的书"。对经典而已，只有"此时此刻"适合心境的作品。《红楼梦》等名著是大众认为的经典，但我读过一遍后都不想读了。这于"我"来说不是经典。举个例子，对一个在墙角晒太阳的老太，或许一个小笑话能让她笑得涕泗滂沱，这个笑话就是她的经典。你和她说《红楼梦》，她会以为你是疯子。所以，我始终认为：没有大众的经典，只有小我的经典。正因为经典具有小我性，这才彰显了经典的本质。

经常看到说缺乏经典一个重要的原因是书写者不能深入被写者的心灵深处，对这点我不敢苟同。因为到目前为止我还认为"心灵深处"是太玄的一个概念，心灵到处有多深？有人能说得清楚吗？而什么作品才算是抵达"心灵深处"？一篇文章能让阅读者此时此刻有细微的触动或感动，这篇文章或许就是他此时此刻的经典，或许这能算达到评论家所说的"达到了心灵深处"吧。所以，这样的文章我想是有很多的，至少我每段时间都能阅读到数篇。

我很喜欢看一些评论家的年终评论，目的不是去学习什么，是去看他们每年如何自圆其说。在他们每年的总结中，出现最多的字眼是"没有出现史诗性作品"或"没有写出深刻人性的作品"。每年都可以看到,看到我就想笑。"史诗"和"人性"成了评论家手里的匕首和投枪,每年都可以往作者身上插、投几次,而且作者还不得有怨言。"史诗性"和"深刻人性"等字眼见多了更让我一头雾水,或许评论家们也不一定知道,否则的话,远的不说,就30年来的当代文学,难道真的就缺少"史诗性"和"人性"的经典吗?显然不是的,不是很少,而是很多。在文学作品上,我不是一个悲观主义者,中国当代文学是蓬勃而生机盎然的,不是一个悲观的时代。再说,在曾经沧海过的人面前,的确很难有沧海了。作家创作作品不仅仅是写给评论家看的。就拿深刻的"深刻人性"来说吧,我阅读到的生活中很多QQ聊天段子和手机短信都能抵达人心的,如地震中一位遇难母亲写在手机里的短信"亲爱的宝贝,如果你能活着,一定要记住我爱你!"我看到这条短信时,我哭,它成了我的经典。诸如这些短信和聊天段子都能触动人心或概括一些生活的本质或揭示很深的生活哲理。而数千数万字的作品都不能写出深刻人性?或许,诸如"史诗性""深刻人性"等评价都是评论家挂在作家眼前数颗永远不能品尝到的"胡萝卜"吧。

还有就是有些评论家,每到年末都要出版一些诸如年选精选,年度最佳,什么精品集,既然没有很多精品,可每年的每种精品集却不下10套,选的作品也迥然。出这些标榜最优,最佳的书是糊弄读者吗。我看还是骂了作者之余再挖一把作者身上的肉去卖钱吧。

我有个建议,文学评价要分等级,就像电影一样。如今的文学评论家做的都是"高高在上"的工作。我们知道,阅读者群体其实是呈金字塔形的,而评论家的评论只是为顶端的小众人服务。作为大众的阅读者,本来是对某些作品有阅读的欲望的,但由于评论家是针对极少数人聒噪,权势媒体又放大这种聒噪效应,读者胃口先行就败坏了,阅读作品的兴趣可想而知。我坚持认为:阅读的最高境界是各取所需。我认为现在很多人冷漠纯文学的原因很大程度上是受评论家貌似真理的评论影响。现在的很多评论家比医生还医生,一进评论家的"医院",不管你是好人还是病人,先挂上吊瓶再说(但在具体作家的作品研讨会上,评论家就成了送花的使者)。所以,我建议文学评论家要分层评论,针对阅读水

平低层、中层、学院派读者要有评论的侧重点。

三贬三境界

在古代,因为种种原因被贬的作家很多,通过被贬作家作品,可以看出他们迥然的胸怀,"唐宋八大家"之中的柳宗元、苏轼和欧阳修极具典型,纵观三人贬后的作品,真可谓"三贬三境界"。从不同的境界中,我们也可以感悟自我经受磨难后应有的心态。

柳宗元入朝为官后,积极参与王叔文集团政治革新,唐永贞元年(805)九月,革新失败,贬邵州刺史,十一月柳宗元加贬永州司马,在此期间,写下了著名的《永州八记》。

《永州八记》中以《小石潭记》最为著名,作者通过他的笔向人们描述出了一个清幽宁静的小石潭风景。文章开头用未见其形,先闻其声的写法展示小石潭。以鱼写潭,极力写出了潭水之清澈;以鱼写人,灵动而又充满喜气。作者从状形、传神、布影、设色等方面给我们描绘了一幅美丽异常的小石潭风采图,而作者结尾却以清寂幽邃之境写出了自己的凄怆之感。

一切景皆情语。作者显然还没有跳脱被贬的愤懑情怀。从景"乐"和"情"忧中可以看出,作者极力写"景乐",但乐只是忧的另一种形式。柳宗元参与改革,失败被贬,心中愤懑难平,因而凄苦是他感情的主调,而寄情山水正是为了摆脱这种抑郁的心情;但这种欢乐毕竟是暂时的,一经凄清环境的触发,忧伤悲凉的心情又会流露出来。纵使景再美,但被贬后的柳宗元还是沉湎在个人哀怨的境界中,这是一种个人的小情怀。

苏轼,字子瞻,号"东坡居士",世称"苏东坡"。苏轼与父苏洵、弟苏辙并称

"三苏"，父子同列唐宋八大家。1080年(元丰三年)因"乌台诗案"受诬陷被贬黄州任团练副使，在黄州四年多曾于城东之东坡开荒种田，故自号"东坡居士"。

苏轼在贬居黄州时，留下了大量诗文，在《水调歌头》一曲和《记承天寺夜游》一文中可以看出他当时的心情。

在《记承天寺夜游》中，苏轼先点明夜游的起因与时间，为美好的月色而心动，遂起夜游之意。接着运用比喻的方法描绘庭院月色。最后用两个反问句令人深思。作者抒发面对月光发生的感触。"但少闲人如吾两人者耳"可以看出苏轼有被贬后的苦闷，但更多是一种感慨与自傲。

苏轼罹文字狱，贬为黄州团练副使，近乎流放，心情忧郁。但是，他仍然有进取之心，他月夜游寺正是消释抑郁的具体行为。想从大自然的美景中寻求精神的寄托。特定性"闲人"称谓，表现了他内心极其旷达。作者不是沉溺于感情的深渊中，而是积极寻求解脱，也使得这篇散文显得静美、隽永。

同样，在《水调歌头》中，作者与弟弟苏辙多年未见，加上"我欲乘风归去"的政治理想，可朝廷再大也容不下他单薄的身躯，在中秋之时，理想与现实困顿之际，作者没有哀怨悲鸣，而是表现出一种美好的、普天的祝愿："但愿人长久，千里共婵娟"。

可以看出，被贬后的苏轼是超脱个人哀怨之后的豪迈境界。这是一种自我释放的大胸襟。

欧阳修，字永叔，号醉翁，自称庐陵人。宋景祐三年，范仲淹因上章批评时政，被贬饶州，欧阳修为他辩护，被贬为夷陵(今湖北宜昌)县令。康定元年(1040)，欧阳修被召回京。庆历三年(1043)，范仲淹、韩琦、富弼等人推行"庆历新政"，欧阳修参与革新，被贬为滁州(今安徽滁州)太守。

欧阳修贬在滁州之际留下了大量的散文名作，其中以《醉翁亭记》最为耀眼。

从天圣八年(1030)，年仅23岁的欧阳修就开始了自己的政治生涯，他上下往返，尽心竭力，积极协助范仲淹革新内政，终于遭到群邪所忌，革官贬谪。他的理想在以前不能实现，而在贬于滁州之后，滁州百姓的安乐生活，给了他极大的

宽慰,滁州的山水,又把他引入了一个恬静的境界。他陶醉了,但不是醉于酒,而是醉于优美的景色,醉于百姓和乐的生活。在滁州,禽鸟因山林而乐,人们因太守游而乐,而太守则是因百姓乐而乐,他处在优美的环境中,身心愉快,舒适安闲,不由得醺醺然。欧阳修以"醉翁"自称,旷达自放,这种感受渗透在《醉翁亭记》里,使文章如风光片一般,淡雅而自适,流畅而豪迈。

被贬的人都有抑郁、彷徨的情怀,都喜沉迷山水。不可否认欧阳修也会是如此,但难能可贵的是他选择与滁州人民同乐,他把个人忧伤投到了百姓和乐的大舞台。可见,被贬后欧阳修的境界是把个人的悲伤消解在与民同乐之中。这是一种完全超脱自我的旷天亘地的济世胸怀。

敲诈or善意

数天前,我和朋友去一家中餐馆就餐。朋友说这家餐馆的鸡爪面很有特色,吃起来油而不腻,特别是鸡爪,很有嚼头。于是,我们每人点了一份鸡爪面。

很快,服务员就把冒着热气的鸡爪面端了过来。由于肚子实在太饿,我们狼吞虎咽般吃了起来。这道鸡爪面确实好,不光面条顺溜,鸡爪更是妙不可言。

我们边吃边对鸡爪评头论足。这时,小王忽然叫了起来,我的面里怎么看起来鸡爪少了。我们这才一起数数各人碗里的鸡爪数。很有意思的是,我们六人,两人10只,一人9只,两人8只,小王最惨,只有6只。

我们想想不对啊,同样的价钱怎么会得到不同的鸡爪? 再说,在这家店,鸡爪可以单独买,每只一元。

我们叫来了服务员,问她鸡爪面里到底几只鸡爪才是正确的。服务员说她也不知道,说要去厨房问一下。很快的,服务员带来了一位胖墩墩的厨师。厨师一副很不高兴的样子，大声嚷嚷道，鸡爪面里的鸡爪谁还会去规定？有时多些，有时可能少些，这都很正常嘛。厨师争辩道，我们难道会故意少你们几只鸡爪吗。既然你们说少了，那我就对少了的几位加上吧。说完，厨师一脸不快回厨房了。我们也难堪起来，好像是我们在故意刁难餐馆似的。

服务员端来了数只鸡爪，但我们都摆手说算了。质疑鸡爪数量，我们不是为了多吃这一两只鸡爪，只是对这种放置鸡爪的荒唐做法不解。

上周，我们全家去一家西餐馆就餐。正在吃饭时，儿子手中的瓷器调羹掉地上，碎了。服务员赶紧跑过来帮儿子换了一把新的。不一会儿，儿子手中的调羹又掉地上了。两次摔碎调羹，我和妻子都难堪起来，摔碎了人家的东西总是不好，特别是摔碎两次。可服务员很快又送来了一把调羹。我们忙说对不起，孩子小，不懂事。服务员莞尔一笑。

吃完后，我问儿子，你干吗老是摔碎调羹。儿子委屈地说，这种调羹的柄太光滑了，我一不小心调羹就从手中滑落。我这才认真看起了调羹的柄端，确实很滑腻，连大人拿都得很费力。

结账的时候，我委婉地说出了餐馆里的调羹容易摔碎，可能是因为调羹柄太细腻。服务员要我等一下，她说要把这个情况告诉他们经理。戴着金框眼镜的经理很快小跑着过来，他很热情地握着我的手说，感谢你能为本餐馆提出建议。

经理邀请我到他的办公室，又很诚恳地请我说说对他们餐馆的建议。我把调羹容易滑落的原因和他说了。经理把这条建议记在一个本子上。我们离开的时候，经理不但给我们的餐费打了八折，还赠送了我们一张100元的餐券。

两天前，我们再去这家西餐馆就餐，发现餐馆的调羹全部换了，调羹的柄部都有了细花纹。这次，儿子再也没有摔碎调羹了。

看到一份报纸上的介绍，说中国餐馆的平均寿命不超过3年，而国外百年老餐馆比比皆是。其实，任何一家商店的服务是为了经营者的腰包，还是为了消费者真正的需求，这是考量它能否可持续发展的真谛。

"扎堆"聚财气

胡斌来自江西中部一个小城，前不久来到浙江义乌市的一家商场当保安。上班第一天，胡斌看到商场门口摆了很多小摊。小贩的吆喝声此起彼伏，有卖零食的、有卖袜子等小商品的、也有现场换手机贴膜的，更让胡斌难以忍受的是有个小贩卖的东西就是胡斌商场的一种著名品牌。

胡斌二话没说，抄起手中的警棍就开始驱散小贩们。小贩们都很淡定，并没有作鸟兽散。胡斌很纳闷，要是在江西自己老家的小城，商铺门口是绝对不会让小贩们吆喝着卖其他商品的，这样会影响到商场产品的销路。

不一会儿，商场经理来到门口，胡斌更卖力地驱赶小贩了。可经理却对胡斌说，没事的，让他们卖吧，只要不影响商场门口的正常通行，欢迎他们在门口吆喝。

胡斌这才发现不仅是他们的商场门口，几乎每家商场的门口都会簇拥着一些小散摊。

其实，在有"国际小商品城"之称的浙江义乌市，商家们不仅不反感同类商品聚集在一起竞争，反而邀请同类商品在一起"扎堆"。

改革开放前，义乌是浙江中部一个贫困的农业小县，人多地少，资源贫乏。但是，义乌素有"鸡毛换糖"的经商传统。20世纪70年代末，义乌市稠城、廿三里两地的农民就在马路两侧摆起了地摊，热情邀请所有小商贩聚拢在一起。1982年9月，小商贩们又商量着在该市湖清门一条小河上架起了水泥板，造成简易摊位，在马路市场上划分不同商品的区域，采取同类商品一起卖的方法，这样就使得同一个商品的摊贩扎堆在一起。

到过义乌的人都知道，在义乌，任何同类商品几乎都会扎堆在一起，小到针头线脑，大到汽车机械。数条街全卖一种商品，他们之间和乐而居，没有因为竞争恶意倾轧，大打出手。相反，如果你孤零零的一家开在不同的地方，同类商贩会热情地邀请你到专业区去经营。

30年来，义乌市的商业街先后5次易址、10次扩建，如今的义乌由30年前的马路市场摇身为"华夏第一市"，有商位6.2万个，汇集了4202个种类、170多万种单品，形成了国际商贸城，篁园市场，副食品市场等专业市场数十个区域。连续21年雄踞全国各大专业市场榜首。义乌市场被联合国、世界银行、摩根士丹利银行评为"全球最大的日用商品批发市场"。

"华夏第一市"的雏形就是来源于义乌人那种喜欢扎堆心理。这也是难能可贵的义乌包容的精神。义乌商人又称为"蚁"商，他们重视集体的力量，崇尚"微蚁撼大象"气概，通过集体的力量获取利润的最大化。在义乌商人的心目中，扎堆并不是恶意竞争，而是聚集人气；有了人气，商品才会有财气。

你的离去让我如此惶然

那个鲨鱼，那个奥胖，那个沙克，NBA史上最盛名的中锋，那个39岁的，叫沙奎尔·奥尼尔的球星宣布退役了。

1992年的6月，奥尼尔在首轮被魔术用状元秀挑中，就此拉开了一段NBA传奇的序幕，也开启了NBA强悍中锋的新时代。19年说长不长，说短不短，但强悍的奥胖还是被伤病抑或岁月撂塌。近几年来，伤病的长期困扰，奥胖的离去成了必然，可真正看着他离去的背影时，我却产生了莫名的惶恐。惶恐的是和你相伴的那段青葱的岁月也恍然如梦，踪迹难觅。

　　我说过,我是个伪球迷,更是个伪NBA迷,看任何比赛,我都不够专注和忠诚,对NBA,我也总是有一搭无一搭地看着,心潮难澎湃,神情不异常。特别是我已人过三十,看NBA的比赛,即使到了季后赛最紧要的关头,我也可以无所谓地按掉电视的按钮,慢悠悠离开,对此我并不觉得有什么不适。

　　但我也有过随机的冲动,那还是在读高中时,那时正值奥胖的鼎盛时期,他和科比奠基的湖人王朝如日中天,炎日灼人。那时,在班里一个狂热的NBA球迷的煽动下,我去看了人生的第一场NBA,第一次见识了那些全球最耀眼的篮球球星们。

　　硕大的体型,精干的身躯,激情四溢的爆发力,奥胖成了我心目中"力拔山兮气盖世"的英雄,最可叹的是他身架如笨象,可动作如轻燕,一个个眼花缭绕的扣篮动作让人惊心动魄。他多次扣倒篮架,篮架轰然坠地的壮举可谓前无古人后无来者。

　　不仅仅此,有奥胖的赛场,就有一份莫名的期待,可以不看,但可以憧憬,憧憬奥胖的扣篮,憧憬奥胖妙趣横生的搞笑。在一次次的念想中,败坏的心绪总能找到些许鼓励。在困顿中想想奥胖,也会是一种安慰。

　　看着奥胖在NBA的赛场上挥洒豪情、谱写壮志,我也在人生的舞台勤奋耕耘。我艰难地考上大学,艰辛地参加工作,在生命的历程中我恋爱结婚生孩。陡然间,由一个懵懂的乡村小子成为城里一位教师。如奥胖,我一路的轻舞飞扬,一路的风霜雨雪。朝露繁花,荆棘坎坷,在前进路总是纵横交错,有期待,有失落,有奋斗,有苦痛。

　　回首来路,青春已遁逃,年龄也近午。

　　19年,人生最耀眼的时光,在NBA的赛场上,奥胖给了我们一个个奇迹,让我们享受了篮球带给我们的华美盛宴。曾经以为,有奥胖在,篮球也在。多少次告诫儿子,不要只知道科比和詹姆斯,还有奥胖,看着孩子的一脸无奈,我只能独自默叹。偶像只能属于一个时代,一个时代的一部分人。

　　"再美的剧情也要结束,别了奥胖!别了!你我的青春。"NBA还在继续,可赛场已无奥胖,19个日月的轮回,2011年的6月,一个华美的时代就在我心间缓缓拉上序幕。

结束的是一个奥胖，终结的是一代人的青春。在渐行渐远的岁月中，年少的轻狂偃旗息鼓，我们能铭记的只能是与奥胖相伴的那段激情澎湃的青葱岁月。

可以拒绝，可否和颜悦色

在街道上，总会碰到一些发广告单的人，他们站在繁华路段，不停地朝匆匆而过的行人手中传递广告单。

在电话里，总会接到一些推介商品的电话，他们不厌其烦、通过声音推销他们的某某商品。

在街道上，看到发广告单的，行人很多会拐着弯走。无法拐弯时就把双手插入口袋。万不得已接了广告单，很快就会弃之于地上。对散发广告单的人，人人冷如冰霜。

在电话里，一接到推销商品的电话，要不愤然挂断。要不接了电话后把电话搁在桌上，任其哗哗直说。更甚的，会把电话对着电脑的音响，献上雷鸣的声音让他"享受"一番。对电话推销商品的人，个个愤慨交加。

一次在饭局上听到一个朋友的故事——

朋友说她在大学的时候也站在街道上发过广告单。那时家里穷，一家非著名的洗发水广告公司来学校聘请她们去散发广告单，每份两分钱，但要求一定送到行人的手中。公司暗中会派人来检查考核她们是否发放到位。她说那是她第一次参加勤工俭学，每发一份广告单都很胆怯，怕被行人拒绝，怕被城管逮到。一次把一份广告单塞到一个行人的怀里，那人把广告单揉成一团，狠狠地甩到她的脸上。她说她委屈得眼泪都出来了。她真想放弃不干，可一想每发一张能有两分钱，为了补贴生活费，她坚持了下来。

朋友接着说，她大学毕业后，由于就业形势异常严峻，她没有找到如意的公司，只好进入了一家公司当推销员。推销员保底工资只有几百元，其他的全靠自己推销商品的提成。公司每月都会下派很大的销售任务。无奈，她只有没日没夜地打推销电话，大海捞针般希望能通过电话找到潜在的客户。在这个过程中，她每天要遭受无数的抢白或谩骂，甚至被人调戏，可她还得客客气气，语言委婉。朋友说，有时候一整天推销下来，甚至几周推销下来都没有一次成交，人都会觉得要崩溃，但她还是要做下去，因为，她的饭碗维系在上面。

朋友叹了一口气，不是特别困苦无助的人，不是走投无路的人，谁会站在街上帮人发小广告或不厌其烦地打推销电话。生活有时候对部分人真是无奈啊……

是啊，生活有时候对某些人真是无奈。看着街上散发广告单的人不是学生模样就是农民工模样，他们不容易啊。听到电话里的推销声，他们的声音都是那么亲和，可内心却是多么百感交集。

朋友最后说，她有时候一天的电话打下来，虽然没有一次成交，但能听到几个礼貌性的拒绝都让她有种心灵的慰藉，可惜这样的拒绝太少太少。

生活中并非人人都有如意的工作，对广告单或推销电话，我们可以拒绝，但我们可否和颜悦色。在就业残酷的年代里，我们都会遇到种种生存的艰辛，不做刺猬，做企鹅。我们像企鹅般相互取暖，冰天雪地中我们的心灵依然会暖意如春。

让朋友赠书流转新生

书多房窄，书的大量繁殖生长牢牢地蚕食我的空间和时间。繁多的书籍不仅吞噬了我那8平方米左右的书房，连一个客厅、两间卧室也未能幸免。眼看就要"满屋尽带蛀虫书"，妻子大发怨言，说请我做单项选择题：A.书离开；B.你离开；C.孩子和她离开。我愤然回答，谁离开都要我的命啊。

一向性情疏懒，对书也采取自然主义，任其蔓延。书像充满欲望的开疆辟土的将军，除了小书房，客厅的饭桌上、沙发上、冰箱上、电视机上、电话柜上，凡是书能立足的地方，书将军大手一挥，书士卒们舍生忘死，它们四处拔营夺寨。卧室的床上、衣柜上、窗台上也逐渐沦陷，处处是猎旗飘飘。厕所里更不用说。整个屋子除了厨房，书士卒们肆意地进攻、掠夺，其他物件节节败退，溃不成军。

无奈，我只能做好选择题。为此我特勤奋地将阳台整理了一番，并安置了一书柜。美其名曰为幼儿打造一间小书房，其实书柜里的空间又被我的书占领。

有了阳台的小书房，林林总总的书总算可以草率地安放一下。在整理书的过程中，发现手边朋友的赠书有数十本之多。有些书在朋友赠送之时匆匆翻阅过，对大部分书籍的内容是浮光掠影。这些书基本都是朋友亲手相送，扉页上还有朋友的亲笔签名，很多书都是朋友的处女作品集，弥足珍贵。如今，书置掌心，依然能想起朋友当初送书时切切的真情。我也是出版过两部作品集，心知一部作品集往往凝结了文学初写者无比的艰辛和无限的向往，都期待自己用血汗之笔写成的作品能找到"知音"，抑或流芳百年。

可现实是，很多作品一旦送到朋友之手，很快会放置在书柜中任其让岁月蒙尘。除了偶尔想起，很难让其重见天日。或许是出于对朋友的情谊，在卖废品

时又难以下手,而真心收藏则又觉得好书太多,安放它们的位置实在有限。

于是,对朋友的书的处置成了一种尴尬,成了一种鸡肋。

我从来没有做藏书家的理想,一些名著我都会定期处理,或送或卖。显然,朋友之书对我而言终究也需处理。我也深知,与其让朋友之书躺在我这里长期休眠,还不如让它在社会的大潮中历练、沉浮。因为:书是要人读的。

我想对待朋友之书最好的态度就是认真品味,并赋予它新的生命。

如今,我唯一能做的就是重新拾起朋友的书静心细读,读后留下片纸的笔记。书是有生命的,也应该有腿,让它们自己去寻觅自己的知音。幸好,我是一名教师,我会把朋友的"心血之作"转送给他们。既然我处不留"爷"——只能让它们冰封在岁月的风尘里,自有留"爷"处——让它们转世新生。让"爷们"在我的学生之间流转,或许这才是目前我能找到的朋友之书最好的保存方式之一。或许其中的某本书能引领孩子们走上文学创作之路,文学的薪火相继相生,则善哉幸哉。

做好你自己

初三那年,由于我在校运动会上扔铅球打破了校纪录,学校派我代表镇里去参加县里举行的中小学生田径运动会。

来县里参加扔铅球比赛的选手基本来自乡下的学校。或许都没有见过如此宏大的比赛现场,大部分选手第一次扔铅球时都因为紧张失误了,他们不是因为脚踩线就是因为动作变形扔出了边线。我第一次扔铅球时同样因为过分紧张脚踩到了线上。第一轮过后,八位参赛选手只有一位的成绩有效。我们的带队教练来到我身边。他对我说:"你不要在乎别人扔得如何,你扔好自己的就行了。"

第二轮过后,所以选手还是手忙脚乱、毛病百出,我也再次踩线了。第二轮过后只有两个人的成绩有效。这时带队教练还是告诫我:"你不要在乎别人扔得如何,你扔好自己的就行。"可此时的我心里有了小九九,因为我发现两个有效分数的距离并不远,我完全有能力超过他们。最后一轮扔铅球了,前面的选手依然没有有效分。我最后一名出场,我在圆圈暗暗发力。或许是太想超过对手的原因吧,我扔出去的动作完全变形了,铅球怪异地越出了边线,分数无效。

教练在一旁叹息,说太可惜了,只要最后一次不犯规,哪怕是你把铅球扔到脚跟前也是第三名了。

我心里也深深责骂自己,怎么会这样?认真听了教练的话,或许我就能得到县里的第三名了,这对我们学校来说也是破天荒啊。

是啊,我没有做好自己,太在乎对手了。

看过一则报道,中国飞天第一人杨利伟飞天的前夜,世界所有媒体都在关注着他,人们猜想他飞天的前夜肯定会由于百感交集而无法入睡。有人偷偷地去听房,听到的却是他的酣睡如雷。第二天,飞船起飞后经过大气层时要面临一个黑障期,此时航天员无法与地面进行联系,这也是宇宙飞船经历的最危险的一个阶段。按照惯例,此时是航天员最为紧张的时刻,可杨利伟此时的心跳居然只有七十几下。

回到地面后有人好奇地问杨利伟,为何有如此淡定的表现。杨利伟只是说:"我完全做好了我自己,没有什么可担心的了。"

中国有句古话"知己知彼,百战不殆"。这句话固然有道理,但只适合势均力敌的对手。假如自己的实力远超对手,根本就不应去关注对手。

有人问高尔夫球名宿"老虎"伍兹,说你打高尔夫之前会去研究对手吗。伍兹说:"我没有时间去研究他们,我把研究他们的时间放在我提高自己的球艺上。"巅峰时期的拳王泰森也说过类似的话:"我哪管你是谁,以前战绩如何,这一切都不是我要关心的,我只关心我如何发挥我的重拳,在最短的时间里把对手击倒。"

前几年国足参加的南非世界杯预选赛。比赛前,教练组煞费苦心,通过各

种渠道了解对手的特点和战术打法。教练组彻夜研究对手的比赛录像，紧锣密鼓地研究对应的策略，可最终国足还是出线梦碎、饮恨而归。记得，前亚洲足球先生郝海东当时讲过一句类似的话，自己实力不够强大，再多的研究也是纸上谈兵、无济于事。的确，自己是只病猫，不管如何绞尽脑汁去研究战胜老虎的策略，病猫最终都会惨死在老虎的嘴中。

充实你的知识，提高你的技能，调整你的心态，保持你的水准，竭尽所能地做好你自己，这才是你立于不败之地的根本。

第五辑 / **孤独与微光**

墙角的老太们

一阵阴雨过后，天空终于放晴了。寒冬的阳光，懒洋洋地从瓦蓝的天空洒落，活像一群活蹦乱跳的鸽子。

门前的墙角开始热闹起来了，开始是一群稚气未脱的小孩，接着迎来了冬蛰许久的老人们，像翻晒一件箱底的厚衣，老人们也开始翻晒自己的身躯，翻晒那段属于她们的陈年旧事。

墙角里那曾经在春天萌芽，夏天开花，秋天挂果的南瓜藤，在寒风中抖动着残留的枯叶。几株梧桐还在派发秋天里来不及发完的馈赠，一片一片的黄叶迎风而落。村里的狗、猫也在空隙处占好位置，懒意十足地盘坐好了。

正对着明晃晃的太阳，老人们终于也耐不住。她们和着暖阳，干瘪的嘴唇一启，嘴角泡沫就开始横飞。口舌并不麻利，但把她们的妙语串起来依旧联珠，这珠不鲜亮但也沉甸甸的。话题依然是去年的重复，或许明天，后天，甚至明年还是这个，可并不影响她们诉说的激情，讲到动情处，她们还是手舞之，足蹈之，只是手脚有点梆硬，加上穿着厚厚的棉衣，像一根斑驳的拐杖横来直去。精彩处，她们神采也奕奕，仿佛那逝去的岁月依旧鲜活，有时她们竟然也像怀春的处子，脸色绯红，时常用那块霉味很浓的手帕揩拭眼角的热泪。

她或者她还没有讲完，旁边的早就迫不及待了，喉咙像起航的老鹰，急展双唇，腾空而舞。坐在墙角，虽然她们是一字排开，但次序却多次被口疾的她或她打乱，搅混。她们看淡礼仪，也不讲求辈分，虽然有几位曾经也有过显赫的身份。但在这个墙角，你的身份就是老人，这里唯一的霸权就是你开启双唇的速度。她们都是为了翻晒自己的故事，就像翻晒棉被，是不需要讲求礼仪和辈分的，在阳光下，占据有利位置拿出来晒就是了。

在唾液的飞溅中，晌午已过，日已西偏，她们也不知道自己的故事讲过几轮了，她们没有去记也不可能去记，话题依然是那几个，诉说的神态和语言也和第一遍或第二第三遍，第N遍如出一辙。她们还是那么惬意。倒是先前那一群调皮的孩子，有的睡着了，有的在光秃秃的葡萄架下玩起了过家家，有的干脆离开了。

太阳终于被前面的屋顶挡住了，像月全食。阳光被挡的刹那，正在诉说的她，或者是她，都会戛然而止，然后，缓缓站起，拖起坐了许久的小板凳，像一群归鸟向各自的爱巢飞去。老人们洒落在墙角地上的言语被晚风吹起，飞向谁都看不清的方向，墙角在黄昏中又开始了新的寂静。

红 薯 飘 香

经过小街弄堂的出口，一阵幽香从深深的巷子里飘出，转过巷口，才发现是一位质朴的老农，不知什么时候在弄堂口摆弄起了一个卖烤红薯的小摊。红薯的清香从他那火红的围炉中飘来，这久违的清香也引着我的思绪飘向那哺育过我的小山村。

在江南大部分地区，20世纪六七十年代出生的人，童年的记忆总会和散发清香的红薯有关。

那时我家还生活在离市区一个很遥远的山村里，我是父母的第四个孩子。在那时，解决一家人吃饭是全家的生存大计，我出生时虽然已开始分田到户，但由于家里人多，有限的粮食总是不够吃。于是，父母总是想方设法地大量种植红薯。

在初冬，是红薯收获的季节，每到这个时候，家家户户都挑着筐，扛着锄头去挖红薯。那个时候，孩子别提有多高兴，跟在父母的后面，屁颠屁颠地想象着田里的红薯比自己的脑袋还要大，还要圆。

记得那时我们上小学的时候是没有中饭吃的。夏天还好，天气热不感到饿。冬天就不行了，肚子没有填饱就会感到十分的寒冷。母亲就每天早晨做早饭的时候，把几个大大的红薯放在烧过火后的灰烬里，到中午的时候就把它们从灰烬中扒出来，这就是午餐了。

红薯虽然清香，但吃多了并不像想象中那么甜美，把它当主食，不出一个星期就会生厌，母亲总是想着办法让我们吃不同花样的红薯，除了常见的烘烤，还有煮，蒸，和汤。每一种做法有不同的味道，但我还是最喜欢吃母亲熬的红薯。

熬的红薯一般是很难吃上的，因为它一要花时间和精力，二要花费大量的柴火。所以，一般要在农村做喜事酿造米酒的时候才会顺着锅和柴火来弄。熬红薯前，要先把一篮子的红薯洗净，然后倒在大锅里，用文火慢慢烧，边烧还要边加水，有点像煎中药，火不能大，一大就会熟得太快。等到两个小时后，红薯的清香就开始溢出来了，这还不行，还要继续加火，直到有淡淡的甜味飘出来才可以缓缓停火。

这个时候，揭开大锅，就会发现红薯全身红彤彤，像通体透明的红灯笼，煞是好看。这时锅里的水也不再是水了，而变成了又黏又稠的糖水了。喝上几口，甜味沁心。当时在家乡没有钱买糖的人家，就是这样熬糖水的。

这种红薯除了清香扑鼻，就是甜味浓郁，真是又香又甜，妙不可言。吃烘烤，煮，蒸，和汤等做出来的红薯要吃上好几个才会饱，吃熬出甜味的红薯，你吃上一个就会饱嗝不断。而且熬一次就是一大锅，一家人也能够吃上一个星期。

现在的农村生活富裕了，粮食也充足，很少有人种红薯，也很少吃到红薯了，像母亲这种熬红薯的做法基本上没有了。如今，生活在都市的我们，对红薯的怀念只能寄托在城市某个拐角处的烤红薯摊了。

我和我的"瓢饮斋"

我将自己的书房命名为"瓢饮斋"还是不久前的决定。固执地认为，只有伟人、名人才配给自己的书房命名，也只有他们的书房名才能流芳百世。我一介草民，又非附庸风雅之人，从来没有想过为自己的书房命名。但考虑到自己已人到中年，人生中的一些情绪需定下基调，故附庸风雅一回。

"瓢饮斋"其一义为我的书房如"瓢"。瓢者，形窄小、容质朴也。用"瓢"形容我的书房很贴切，因为我的书房也逼窄，长3米，宽2米，总共6平方米。书房的布置也极其朴实，没有显赫的落地玻璃，没有齐顶的书墙，没有古典的器具。书房里有：一铁皮书柜（四层）、一倚着墙角的三角书台（三层）、一简易书架（四格）、一桌、一椅、一台灯、一电脑、一床、一床头小柜，通计一房，物件共九。

"瓢饮斋"其二义为"弱水三千，只取一瓢饮"。曾经的我耽于购书，也滥于阅读，这让我深受其害。

记得那段时间，我对书籍的选购是"贪多"。只要是朋友或媒体上推荐的"好书"，我完全采取"拿来主义"，全盘选购。林林总总的书籍疯狂地占据我的书房。书们肆无忌惮地扩张使得我的书房空间日益狭小。可当我静下心来阅读这些"好书"的时候，才发现那些貌似的"好书"很多面目都是狰狞的，害得我阅读的胃口大减。这也让我明白，书籍没有最好的，只有最适合自己的。再好的书不适合自己的阅读都是孬书，再被人漠视的书只要适合自己阅读就是好书。对书籍不加分辨地疯狂购买，对我来说，钱财损失事小，时间荒废却事大。

当然，对适合我阅读的好书，我在阅读它们的时候也犯过错误，那就是"图快"。我的床头、书桌上总是书满为患，一本压着一本，岌岌可危。急性子的我总是一本没有看完就另换一本。一本书浅尝辄止地看了几页就迫不及待地翻读下一本。似是而非的阅读让我疲于奔命，走马看花式的阅读导致可沉淀在心底的精髓缥缈如云鹤。书籍三千，滥读却未解渴。

"贪多图快"的弊病使得我的视野是模糊的，思维是浑浊的。脑袋成了书籍的过滤器。"弱水三千，只取一瓢饮"就警示我不要图快，水再多也要一"瓢"一"瓢"饮才能解渴，不要贪图"三千"，在乎喝好手中的那一"瓢"。

我采用"瓢饮斋"做书房名与小时候母亲对我的教诲也有关。

家乡地处赣中农村，每年的夏秋两季都离不开割稻子。每到稻子开割的时节，面对大片大片汹涌澎湃的稻浪，我心里总是犯怵。用镰刀一棵一棵割，这要割到猴年马月？母亲看到我哭丧着脸，就说，稻子再多，只要你一棵一棵割，总会有把稻子全部割完的时候，你只拿着镰刀站在田埂叹气，一棵也不肯割，这些稻子永远也会割不完。

在割稻子的过程中，很多稻穗会散落在地，为了追赶速度，我很少去拾起这些稻穗。母亲看到了遗落的稻穗总会帮我拾起。我看着母亲慢腾腾地去拾起那些稻穗，心里埋怨她小题大做，有拾稻穗的时间，稻子不是可以多割好几茬吗？母亲看出了我的疑惑，说，每一棵稻子能长到现在，能结成稻穗，它们就都是好稻子，好稻子岂能遗弃它们，田野的收获就是由一颗颗稻谷凝结而成的啊。

稻子要一棵一棵割，手边的稻穗不要放弃。其实，书籍不也是一样吗？属于自己的好书要一本一本看，手边的每本好书都不能放弃。

一"瓢"小，一"谷"小，我的"瓢饮斋"亦小。只要"瓢饮斋"有适合我阅读的好书，"瓢饮斋"再小也能给我带来视接千里，思连古今的时空。我爱我的"瓢饮斋"。

凝视旧书的扉页

凝视旧书的扉页,惊现一行洇湿的汉字:

"啊!咱俩都是庄稼人。"

这行字很突兀,其中的"是"字简写,不规范。"庄"字写错成"禾庄"的连体。笔迹是碳素墨水,运笔较为大气且苍劲有力。整个扉页霉点团团,呈土褐色,似坠地的淡菊。

这本旧书是在我整理书籍时发现的,这是一本怎样的书呢。

书名为《唐宋传奇故事》。书陈旧,每页的上下边角都打了卷,起了须。封面暗红并褶皱深深,编者为刘耀林。书出版时间为1990年3月,少年儿童出版社出版。定价:1.95元。书中选译了37篇唐宋传奇故事,第一篇是《区寄脱险》,最后一篇是《定元弓箭手》,共190页。书的封底不知何故被撕去。书脊上有个图书馆的贴码,贴码为201310。翻遍全书没有找到任何图书馆的印章(难道在被撕去的封底上)和历届收藏者的姓名,只是在书的第65页发现了"猴才"字样,"猴"字也写错了,没有中间的单人部。显然,这不是藏书者有意留下的。

至于这书是什么时节、什么地点流传到我手里,我打捞多年沉积的记忆,没有任何线索。我只知道它一直堆积在我的藏书库中,书的内容我也似乎没有读过。

今天,无意中翻开这部书,看到扉页上的这一行字,我却产生了无端的遐思。

"啊!咱俩都是庄稼人。"书写时没有使用双引号和句号,这两者是我有意加上去的。8个字加上一个感叹号,总计9字。

写上这行字的是一个怎样的人？

"咱俩"，可以看出书写者的旁边一定还有一个人。"咱俩"的内容是说的是同胞兄弟还是一对缱绻恋人或恩爱夫妻呢？抑或还是骨肉父子及其他有关系的两人？这些推测皆无法证实，我倒愿意他们是一对恩爱的夫妻。

"庄稼人"三个字，显然表明留下笔迹的是一个在务农的人，他俩的生活空间就是广阔的田野，每天浮现在眼前肯定是生机勃发的农作物。

"啊！咱俩都是庄稼人。"

凝视这行字，可以确定的是，书写者肯定上过学，而且书读得还行，从书写的笔迹和工整性可以揣测，书写者应该是男性，至少读过初中，只读完小学的孩子是很少有写出这样大气的字的。

其次，书写者不仅能写一手还算漂亮的字，同时也蛮喜欢阅读书籍。庄稼人农忙时是日出而作、日落而歇，农闲时也是忙着冬藏春育，很少有闲暇时间来荒芜的。而书写者却忙里偷闲，每天能够看上几页书，这真是难能可贵的。在20世纪80年代那个时期，农村还是文盲遍地，同时国家文化上的浩劫也刚过不久，书写者和自己的爱人能雅致地看起书来，也是需要勇气的。

"啊！咱俩都是庄稼人。"

书写者在提笔落下这行字时是何种心态呢？是在叹息命运的不公，抑或叹息庄稼人的自豪？

或许，他们有考上高一级学校的机会，可惜因为自己成绩不够理想，他们都落榜了。也许是在悲哀咱俩都是被"文革"耽误了读书时光，以致都成了庄稼人。"啊！咱俩都是庄稼人。"也许是他们彼此安慰话，现状是他俩都成了地地道道的庄稼人，该安安心心种好庄稼，再也不要有什么妄思邪念了。

或许，改革开放的春风开始吹到田间地头了，农村也分田到户了，他们也如愿地分到了自己的土地。那天，他在看完书后，和爱人感叹并喜悦，写上了这行字。我们都是庄稼人，多幸福，在希望的田野上，幸福美满的生活还会远吗？

或许……

"啊！咱俩都是庄稼人。"

再一次阅读这行字，我更感到了一层惊喜。咱俩都是庄稼人，可咱俩都能看上书，能看书的庄稼人是幸福的庄稼人啊。别人在农作的闲暇只能打瞌睡，而咱俩却能掌灯夜读，依偎着共剪西窗烛。红袖添香，文情相融，这该是多么浪漫和温馨的美事啊。放眼辽阔的乡野，谁能不羡慕或嫉妒咱俩？

"啊！咱俩都是庄稼人。"

再一次凝视这行字，我发现心间有原始的细胞在涌动。

虽然，我和爱人离开乡间来到都市有10年了。可我俩每年都要抽空去拜访我们乡村的故土，依然把自己看成庄稼人。是啊，如今有太多的人都在不择的手段整容，妄图从皮肤上铲除自己庄稼人的痕迹。他们都标榜自己是都市人，鄙视进城的庄稼人。其实，所谓的都市人，他们本质上、心底里都是庄稼人的儿子或孙子；所谓的都市人只是由于他们的祖辈父辈早些从田地里上岸罢了。洗脚上岸是每一条血脉相连族群迟早的事，没有什么值得炫耀的。

再说庄稼人怎么啦。如今，那些上岸了的"庄稼人"，他们流的依旧是庄稼人遗传的血。吃、穿、住、行，哪一样不凝结进城务工的庄稼人的血和泪。不管社会的车轮如何飞速，植根广袤乡土的庄稼人永远都会是国家的铮铮脊梁。

"啊！咱俩都是庄稼人。"

"咱俩"竟然是庄稼人了就应该服务好属于自己的庄稼。其实人人都是庄稼人，人人都有属于自己的庄稼。庄稼人耕耘场所在田间地头，服务的"庄稼"是农作物。只不过有些人耕耘地方、对象变了形式罢了。公务员耕耘的场所在机关，服务的"庄稼"是人民；医生耕耘的场所在医院，服务"庄稼"是病人；教师耕耘的场所在学校，服务"庄稼"是学生……各行各业都有自己的田地，都要像老农种植庄稼一样，勤勤恳恳种植好自己的庄稼。农谚说得好：人哄地一时，地哄人一年；人哄地皮，地哄肚。我们都是庄稼人，就应该需要迎风接雨、沐雷浴电，在春萧秋瑟、夏蒸冬冻中侍弄好属于我们的"庄稼"。

"啊！咱俩都是庄稼人。"

再凝视一遍，我读出的不是颓唐与自卑，是荣光与自豪。你是庄稼人，我是庄稼人，他是庄稼人，我们都是庄稼人。我们都要播种春天，耕耘夏天，收获秋天，酝酿冬天……

陡然，我有一股书写的冲动，我找到儿子的一支铅笔，在"啊！咱俩都是庄稼人"的下方空白处写上：

对！咱们都是庄稼人。

 # 依稀的厂车

下午，放学了，站在单位门口的公交车站点等候回家的公交车。天空飘起了雾。一辆辆公交车突围着深秋的暮气冲来又离开，却没有一辆是我要搭乘的。

略带疲惫的心骚动起来，极目向车来的方向探寻，可等来的依旧是不属于我的公交车。我心里暗暗沮丧，准备着听天由命：只要有公交车来了就上，无论它把我带往何方。

果然，一辆公交车快速驶来，我暗自欣喜，可这辆公交车却无视站台的存在，擦着行道树飞逝而过。

与我双眼交汇的刹那，我猛然发觉，这辆公交车没有闪烁的线路提示灯，只是在挡风玻璃前方突兀地悬挂了一个牌：市水泥厂。

哦，我打赌似的想上的车竟然是一辆厂车。

怎么会是厂车？

此时，天空的雨雾四处飘逸着，一个依稀的旧梦在我心间缓缓拉开帷幕。

一辆辆厂车穿越时空的迷雾从脑际缓缓驶来。

童年时，老家的县城没有几条街，一个"丁"字就囊括了县城所有的街道。每天在街上跑动就是几辆吉普车和定期驶过的厂车。吉普车驶入的地方都是政府部门，走的是高端路线，我们心存胆怯。厂车走的是亲民路线，感觉亲近了许多。可亲近也是自己的一厢情愿，因为厂车驶过我的身畔时，张狂、庞大的身躯让我感觉无比的轻盈与渺小。

那时几乎是国有企业的天下。有国有企业的地方肯定有厂车；能上厂车的肯定是国有企业的职工，国有企业的职工肯定是吃商品粮的。多么显赫和辉煌的一群人啊，连带他们的孩子也出落得不可一世。因为在这群孩子上下学的时间，厂车就会按部就班地游走在不同学校的门口。

那时，小县城里根本没有公交车。大部分同学都是走路上学，只有少得可怜的孩子能骑自行车来上学。所以，对班里那几位每天能坐厂车上下学的同学，我们真是羡慕、嫉妒、恨。

我曾经偷偷地打量他们上厂车的神情。他们通常是不紧不慢地到达校门口相应的地点，不紧不慢地踩上踏板，不紧不慢地钻进车肚子里，不紧不慢地找到相应的位置。不紧不慢的原因是厂车留够了充裕的时间让他们上车。他们胸口都用红带条挂着一个牌子，这个牌子就是坐厂车的凭证。由于每天都是这些学生，司机也只是象征性地看一下他们胸口的牌子。我发现司机的眼神是迷离的，甚至有些恍惚。或许，他正利用这短暂的停留时间休息一下自己的灵魂与身躯。

班里有个好事者也想混上厂车去体验一次坐厂车的滋味。但他还没有踏稳车的踏板就被司机制止了。司机骂骂咧咧道：就你这气质也配坐我们的厂车？

我们这才发现，迷离着眼睛的厂车司机依然能够辨认不同学生的气质。

为此，我们再也不敢去做这种无谓的尝试了。因为，我们没有坐厂车的气质。

每天放学时，我们可以看到不同的厂车从我们学校门口鱼贯般出入。它们显赫的厂牌明晃晃地挂在挡风玻璃前，"县电缆厂""县水泥厂""县地毯厂""县印刷厂"……我们选择对这些车子视而不见，但当它们从我们身旁驶离的时候，我们还是会偷偷地瞄上几眼。更多的时候是心里暗暗沮丧，并责怪自己的爸妈为什么就没有能耐在工厂里上班。

　　高三那年，没有考上大学，我躲避到地市的一所中学复读。那时，我倾慕上了一位市区的女孩子，而且那位女孩也似乎对我有点"垂青"。一次，她回家的时候，我竟然发现她坐上的是一辆"市红旗机械厂"的厂车。我当时怔住了。我知道，我的倾慕已然无疾而终。

　　那时我是住校生，但每天她回家的时候，我偷偷地跟随她去校门口。其实，我是想起看她上厂车的模样。因为我发觉，她上车时对司机亮厂牌的神气是最美、最迷人的。

　　一天，安坐在厂车上的她发现了我。她急急地拉开车窗喊我的名字。我看到了她的秀发从车窗里飘逸而出。在清风的吹拂下，她的脸庞在秀发的映衬下宛如一位女神。刹那，我的眼泪流出来了。此刻的可我只能羞涩地跟着放学的人群随波逐流。那晚，我失眠了，我暗暗发誓，我一定要考上大学，一定要坐上厂车，一定要找一位同样坐着厂车上班的爱人。

　　那位女同学终究是不可能垂青于我——一个来自乡间的男孩。但在我的心底，她坐在厂车的影像却久久地定格在我心灵深处。

　　好在那年的7月，经过炙热的蝉鸣后，我踏入了大学的门口。我乐观地想，3年后自己就能坐上厂车了。

　　象牙塔里的3年，我沉溺在书山文海里。因为，童年时厂车司机的话在我耳畔时时回荡：就你这气质也配坐我们的厂车？是啊，没有人能随随便便地坐上厂车的。

　　3年后，我毕业了。当我踏上社会去寻找将要承载我灵魂与身躯的厂车时。整个社会竟然给我以戏谑。所有的国有企业都基本改制了，厂车也实现了市场化改革。

　　几乎每条街道都拓宽加长了，大车、小车、公交车，出租车……一切车辆都在街道上欢歌，可厂车呢？

　　那段日子，我心里五味杂陈。我有了坐厂车的气质了，可厂车却驶入了历史的深渊。每天的梦里，总有一辆辆的厂车与我擦肩而过，可却没有一辆肯为我停留。

没有厂车了，一切尚未开始，而一切就早已结束。我要的厂车已经GAME OVER了。听一位同学说，市里的一家企业还实现厂车上下班。我听过兴奋不已。第二天就带着厚厚的简历去了那家工厂。可企业却把我拒之门外，负责人说，就你这书生气质，肯定干不了我们厂里的重活，你没有那体质。

有了气质，丧失了体质，我不得不和这家企业的厂车说再见了。

时光游走，参加工作已多年，我终究没有踏上任何一家工厂的厂车。如今，在街头更难寻觅厂车的身影了。两年前，我买了属于自己的私家车。但我没有任何的兴奋。我依然渴慕坐上的是童年时那有着张狂、庞大身躯的厂车。每次驾车经过貌似厂车的身边时，我都会快速超越，然后减速慢行，甚至靠边停车。我只想好好端详着经过我身边的厂车。我梦寐着，有一缕秀发从厂车的窗口飘逸而出，飘拂并温暖那段依稀的厂车梦。

空落落的村庄

终于要回家乡了。

大学毕业后离开家乡到外地参加工作，大哥也几年前在县城买了新房，为了照看孙子孙女，父母也都到城里了。没有人在，现在回一次老家仿佛成了一件很困难的事情。一想到回家要打扫厅堂，洗刷餐具，清理房间等，我们都会打退堂鼓。但游子回乡仿佛是去赴生命的约，或多或少总要回去几次，因为故乡的一草一木，一砖一瓦都会令你魂牵梦萦，引诱着你。

站在老屋的门口，看着墙壁上隙缝中长出的蓬松杂草，还有门环上那斑驳的锈迹，心里有一种莫名的悸动，是对熟悉老屋变得如此陌生，抑或是对时光不再的感伤？

打开老屋的锁，刺鼻的灰尘扑面涌出，像是一种逃离，它们迫不及待。主人长期在外，屋子里的物件自然也就面目全非了。瓦片好久没有检修了，从屋顶上流下来的雨水积滞在大厅的中央，黑漆一片。从明瓦照射下来的阳光也似乎打了折，没有先前的明亮。蜘蛛网丝密密匝匝，从墙壁的这一头牵到了另一头。

母亲走一步忙着清理一步，我们在她身后亦步亦趋。满屋的狼藉，竟然让我不知所措。母亲忙对我说，你怕脏，还是先到外面去看看吧。

我掸拭身上刚染的尘土，越过门槛，朝村口走去。

儿时在老屋旁边栽下的松柏已经是高高耸立，浓荫密匝了，栽下它们的时候，只是大拇指般粗，数年不见，它们已经茁壮成长了，连成一片了。

朝巷口走去，本家的一些老人在一个拐角处乘凉，我忙奶奶、大婶地叫个不停。和她们打过招呼，她们竟然是一脸的茫然。眼前这个文弱书生显然和她们记忆中的调皮蛋难以对接。

一伙孩子在敞开的院子里，他们正聚精会神地看一部动画片，孩子们哈哈大笑的声音和着电视里叽叽喳喳的声音不时从院口荡出。

村口是一个大空地，丰收时是翻晒稻谷的场所，农闲时是儿时嬉戏的乐园。我们童年那时，全村几乎没有电视机，一有空闲，我们这些孩子唯一的节目就是在这块空地上追逐，玩耍。在朝阳下，在晚霞里，在夜色中，我们的游戏总是一个接着一个在这里上演。儿时独有的喜怒哀乐都与这块空地分不开。

我站在空地的中央，试图找寻记忆的碎片，可脚底的杂草让我磕磕绊绊。在儿童奔逐的脚步下，空地上应该是一毛不长，再坚韧的杂草哪能阻挡孩童快乐脚步的蹂躏？曾经的乐园现在已是荒芜一片，或许动画片时代的孩子是不喜欢蹂躏小草了吧？

空地旁边是个大礼堂，先前是数间连纵。高翘的檐角，连亘的屋脊，栋梁雕栏，气势恢宏，不可一世。经过长久的风剥雨蚀，有些是摇摇欲坠，有些已经倒塌成了一堆土山了。祖辈父辈曾经向乡里人炫耀的，外村人曾经啧啧称奇的辉煌的大礼堂也恍如旧梦了。

这些年来，村里的年轻人都外出打工去了，赚了钱的都在城里买房子，很少

有人愿意固守这片土地了。现在家里留下的只是那些上了年纪的老人和他们的孙子孙女们。

曾经热闹的地方变得如此冷清。曾经显赫的礼堂如此萧条,在杂草荆棘里,在断壁残垣中,童年的记忆也似乎一起荒芜,一同埋葬……

回到家里,母亲已经整理得窗明几净了,透过凝重的玻璃窗能看到村外的郁郁葱葱的群山。

我告诉母亲:空地那边的大礼堂有好几间都倒了,空落落的。母亲叹息地说,是啊,没有人住的房子迟早是要倒塌的,再说,没有倒塌的房子哪里来新房子?

是啊,没有倒塌的房子哪里来新房子!这是时光使然,任何事物都在岁月里诞生,但也都将在岁月中消逝。哲学书上说过:新事物必将代替旧事物,这是历史的前进。

但我还是希望老屋能够在故乡的土地上屹立得更久远一些,至少能使归乡的游子多找到一些记忆中的珍珠!

何时月再圆

望月是望一个忧伤无奈的梦。深夜,独坐西窗,举头望那悄然慢步天空的弯月,内心总是充满无尽的怅惘。耽于往事的我,已乘明月,孤独地穿行在一条时光渐逝的走廊,寻觅曾经的足音。

环望群星,我祈望,什么时候,我们再执手走向阳光下那条常青树簇拥的小路,在白鹭洲头曾经的那棵小树上,挂上一串轻盈的风铃,在偶尔路过的时候,为我们重摇那曲渐行渐远的骊歌。

不知如今的你们,能否再次忆起那段高中复读时苦涩,但阳光依旧灿烂的日子？流逝的岁月不再回来，短短的一年里，该拥有的似乎都拥有了，但依然有那么多的遗憾在心头排遣不去。

记得初踏洲头时分，一切都是陌生，一切都要重新开始。过去的7月不属于我们，复读似乎是生命中的一次劫数，你我都无法逃避和隐藏。

记得那些个抑郁与欢快同在，笑声与哀叹共生的日子吗？我们共同苦战在赣江河畔的小洲上，绿树满洲，古园深深，在亭楼阁榭中我们把青春放飞。

江水远逝不只是无情，秋日落叶也充满慈意。或许我们有过不堪回首的忧伤，我们有过重新面临高考的彷徨，但白鹭书院的宁静让我们积聚了信念，小池的睡莲让我们萌发了期待。

该忆的很多很多，但金子般的情谊总是先入为主。悲怆的学习中我们选择了奋争，孤独的生活中我们选择了互助。在苦难的岁月里，我们学会了回来"编织"，我们用真诚串起的珠子最亮丽，在那串至今熠熠生辉的珍珠中，有矮瘦精干的张小建，善解人意的肖芬，风趣幽默的老久，深沉入海的铁托，还有腼腆的王欢，可人的秘书(戴丽萍)，泼辣的谢芳，勤快的文桂以及患难与共的贤弟周金文……

在丹桂飘香的9月相聚，在雨季绵绵的7月中各自启航。时光那远行的车轮压碎了一切企图的挽留，一切都过去了，包含许多的忧伤与快乐。

又是一个无星无月的雨夜，猜不到何时再会圆月，也许一切的遥望都会是实现不了的梦，也许我们注定了是擦肩而过的数缕清风，时光也终于拖开了我们彼此的距离，身居天南地北的你们，今晚，朦胧的午夜，还在都市的霓虹灯下，孤独奔逐吗？

是不是也依然背着情谊的行囊，像我一样常常回首，透过朦胧的灯光，望着那条常青树簇拥的小路，想起白鹭洲头，记忆中的那串风铃？

孤独与微光

一个人对一座城市的感情或认知，也许要到了七年之痒的程度才会积淀到一定的宽度和厚度。特别是满了7年，然后才遁逃，审视的视野或许会更加清晰、明澈。

2002年的那个夏天，8月炎阳正酣。我和同班同学卫国经过长途颠簸，酒醉般来到憧憬许久的浙江中部的兰溪小城。两个人落到陌生的街道，在炎阳下，一切都显得孤寂。

我是携带着满满两袋的书来兰城的，打量小巧的火车站广场片刻，我们立即就想打三轮车直往市教体局的职工招待所。可一连问了好几个三轮车夫，竟然不知道招待所在何方。有个车夫问了几个人之后才蹬着两个严重扭曲的踏脚板，慢悠悠地把我们拉过去。车到了招待所门口，竟然连一个像样的招牌都没有，我打死也不相信这里就是我们要找的地方。我开始怀疑车夫的诈骗行为。干脆，我对车夫说，你还是把我们送到教体局吧。很快，我们到了教体局，可正逢周末，没有人上班。三轮车离开了，我和卫国肩挑手扛重重的行李，只好徒步又折回那个招待所。待我们走上一个斜坡后，才发现一幢陈旧、破败的楼房挂着一个散发铁锈的招牌。楼上也传来了先期到达的一些同学的声音。

几天后，我被一个白眼眉的校长接到游埠，我在兰城的生涯也就正式拉开序幕。

学校不像想象中的那么好，但也坏不到哪里去。一到学校，校长就煞费介事带我们这些新分配的老师逛了一圈校园。他们心情雀跃，我却心如止水。

教书生涯，日子过得很平淡。住在单身楼层的我们会趁着空隙玩上几局牌。本地人打"红五"，而我们几个江西来的则玩"拖拉机"。我不太喜欢玩牌，总喜欢看他们玩。这样的日子没有持续多久，有人开始装配电脑了，玩牌的人渐渐少去，都在网上玩起了四国军旗。四国军旗那段时间真的很流行，以致一有空隙，我们就凑在一起狂聊军旗。不过很快，有人恋爱了，凑在一起的时间就少了。

日子不紧不慢，但很滞腻。过了几年，陌生的校园环境我依然陌生，陌生加剧了我的孤独。我特立独行在校园之中。有人说校园关系很复杂，说学校有几位老者很霸道、也势利，可我对这些漠然。但不可否认有三件事却加剧了我的孤独。一是，我教得比较满意的两个班，到了初三竟然被人截取，接下来的一届依然。二是，我的一篇论文在某教育报获全国特等奖，学校有文件说会奖励，可负责管理的人却说，你这个不算。可我反过头来看学校有些老师花钱买版面的论文都有奖，我有少量奖金的论文竟然说不算。三是，学校年度考核的文件说宣传了学校的好人好事有奖励，我写了几篇，可学校负责的人却说是上届领导制定的文件，现在无效。我当时真想说一句，上一届领导建的教学楼要不要炸掉重建？第二年，学校领导竟然决定把文件中存在多年的宣传报道奖励这一条删了。不过想想也值，学校能因为我一个人而改动了一个年度考核的文件。

这就是我那时的学校。那时的学校还有一个很有意思的老师。这个老师很爱看杂志，经常会买《青年文摘》《读者》等，一天，她发现我的名字竟然在《青年文摘》出现了，她就不买《青年文摘》看了。后来，她又发现我的名字在《读者》上，她也就不再买《读者》了。我私下思忖，或许这位老师认为，连刘会然这种人都能上的刊物，能是什么好刊物？遗憾的是，镇里报刊摊上的杂志几乎都出现过我的名字。看来我真的对不起这位老师了，我无意中竟然伤害了她阅读的爱好。和这位老师一样，这也是那个学校大部分老师对我的心态。

2003年末，我陷入了更深的孤独之中，我把文字作为药方，缓解寂寞的灵魂。我还有模有样地要一个书法较好的学生帮我书写"固守心灵的精神家园"几个字，简单地镶了一道八红边后张贴在我的床头。在寂寞里，这几个字成了我精神的自慰剂，我也只能在文字中找到生活的高潮。

周末，疯逛兰城，满街找寻书店，几个星期下来，我把兰城几乎所有的书店都逛了一遍，我知道了每个书店的位置和特色，我敢打赌，兰城本地人没有几个比我更了解兰城的书店。那时，每个书店都留下过我的脚印。

我大量购书，把写文字的稿费全部花在购书上。不出三年，我发现当初还算宽敞的单人间狭窄得难以立足了。书拼命蚕食我生存的空间，我却乐此不疲。

或许在个人的园地里不能自拔，我上好课、改好作业后就遁入单人间。或许身上有着外地人的烙印，或许我对人爱理不理，学校大部分同事很少搭理我，这也导致我在学校5年后才完全认识这个学校的所有老师。

一天，一个身材微胖，胡须杂乱的中年老师敲响了我房门，我发现一缕阳光挨着他的后背来到我潮湿的单人间。那个中年男人和我一样，中文字的毒很深。在他的引领下，我渐渐走出了逼仄的单人间，和兰城一帮爱好文字的朋友搭上了。和那群爱好文字的朋友在一起，我发现在兰城，我生命里的微光才开始点亮。直到现在，我发现这股微亮还在兰城隐约朝我闪烁，当然这股微光中，也夹杂着几位同事，虽然他们不写文字。

那年，那狗

一只狗的命运竟然取决于邻里关系的好坏，小黑就是。

小黑是20多年前的一只普普通通的乡村狗。小黑来到我们家很特别，那年我才十来岁。一天，有个走街串巷的补锅老伯来到我们村子，和他一起来的还有一只既黑又瘦的小狗。老伯在我们村上辛苦了一整天，到了傍晚只能够啃几个硬邦邦的馒头充饥。母亲和邻居大妈看到老伯可怜兮兮，就热情拿出各自家里的饭菜来招待他。老伯要走的那天，为了感谢两家人对他的厚待，他决定把身边这只狗留给我们两家。老伯说，我一个人在外面漂泊，风餐露宿，自己都照顾不过来,还要连累这只狗,实在不忍心啊。老伯说,你们两家都是慈善人家,小黑被你们两家收留,一定不会挨饿受冻。

于是,小黑成了我们两家共同的财富。我们两家的孩子特别喜欢活泼乖巧的小黑,母亲和邻居大妈也都喜欢小黑,都恨不得把家里最好的食物给它吃。因此,半个月下来,小黑彻底变样了,身体肥胖,毛色闪闪发亮。

小黑的到来,为我们两家带来了许多欢声和笑语,我们邻居间的情谊也日渐深厚、和睦。但这却又是短暂的。

我们屋后有一块空地。村里人都说,这是建房子的好地皮,谁在上面建房子,谁家准能出秀才。我们两家都看上了这块"风水宝地"。这年夏天,邻居大伯的儿子从外地寄回大笔钱,说要建房子。屋后那块空地自然是大伯最理想的选择。父亲对这块地皮也垂涎许久,自然不肯相让。为了这块地皮,两家人竟然大吵了起来,最后弄得两家彼此生恨。

小黑夹在两家中间,自然成了替罪的出气筒。小黑一来到邻居家,大妈就会骂骂咧咧,指桑骂槐的,并用棍子把它轰走,也不允许家人给小黑吃任何食物。母亲的做法和邻居大妈如出一辙。

吃的没有了,住的地方也没有了,小黑只好整天在村外流浪,饿了只能在垃圾堆里寻找一些腐烂变质的食物,困了,只能躲到附近的山洞里。我们小孩子看到小黑的可怜但又无可奈何。

最后看到小黑是在这个冬天的一个午后,这时的小黑早已没有了先前肥胖的体态,它瘦骨嶙峋,全身被别人棒打得血迹斑斑,左后脚行走时还一颠一颠的,显然是偷吃东西被人打瘸了。那次,小黑绕着我们两家走了数圈,最后朝村外颠簸而去。

这以后,我们再也没有见到小黑了。就在小黑离开后一个星期,寒冷的冬天开始飘雪,大雪整整下了半个月,整个山村掩盖在厚厚的大雪之下,一片苍茫。

第二年开春,或许是我们两家都意识到了远亲不如近邻,邻里关系好顶上几块宝。两家人又和好如初。这次,我们都想起了小黑,开始怀念小黑带给我们的美好生活。两家人留心寻找了附近好些村庄，但小黑终究还是没有找到……

母 亲 的 "痴"

"你母亲真的很痴"，这是我多年来听到的，村上邻居们对母亲最多的一句评价。

母亲真的很"痴"。尽管母亲是一位最普通的面朝黄土背朝天的乡村劳动妇女，她识字不多，许多大道理不懂，但在她认为"有理"的事上，母亲却坚持她的痴劲。

还是20世纪80年代末，那时我还在读小学五年级，我们村人掀起了一股去沿海打工赚钱的热潮。在那时，很多小学还没有毕业的孩子也被这股热潮"卷"了进去。看到邻村的许多孩子每到过年都能赚回不少钞票，我们村里人也开始骚动起来了，特别是一些妇女。她们都认为：孩子读书有什么用？读书也是为了赚钱，现在孩子能够出去赚钱，干吗要等到孩子长大了才去呢？而且，学费一年下来要花这么多，万一孩子没有考上中专、大学咋办？

就这样，我家附近大大小小的十来个不到15岁的孩子都带着各种表情跟着大人去沿海打工赚钱去了。不少好心的邻居也规劝母亲，别那么痴了，你家然然也不小了，长得也结实，就让他也去吧，至少能混到自己的饭钱。那时，我学习还可以，但还是对经过伙伴们渲染过的外面多彩的打工世界心猿意马，特别是每年年末看到自己以前读书的伙伴都带回大把的钞票，并买回单放机，新式手表等新鲜玩意儿，更使我产生了热切的向往。那时，我们家比较穷，还没有盖新房，全家几口人挤在两间租来的房间里，看着邻居们用儿女们赚回的钱买了自行车，有的还盖起了新房，母亲也曾动心过。我也经常吵着对母亲说，让我去打工吧，我不想读书了，我能靠自己混口饭吃的。

天天吵着要去打工，母亲终于忍不住愤怒了："混饭吃，别人吃山珍海味也是一顿，你吃霉干菜也是一顿！"

那时，在乡村人的心目中只有靠读书找到工作，端上国家的"铁饭碗"才是吃"山珍海味"，在家里种田或打工就只能吃一辈子的"霉干菜"。

母亲不断地告诫我要好好读书，一定要吃上"山珍海味"。不要去羡慕人家的"霉干菜"。我曾担心过家里交不起我读书这么多年的学费。母亲发狠地说："只要你能读得下去，就是和你父亲去讨饭，砸锅卖铁也会包你考上大学！"

于是，我少年美好的打工梦就这样破碎了。

上初中时，由于初中在镇上，我便离开了母亲，也脱离了母亲的管束。初二那年，我竟然和镇上那些小混混好上了。逃课、打架、做坏事成了家常便饭。学习成绩也陡然下降。当第一个学期期中考试成绩单送到家里时，母亲看到了我没有一门功课及格，英语更是只有15分，感到很十分困惑。她亲自来了一次学校。待完全了解我在学校的所作所为后，为了使我完全脱离那群小混混，母亲立即作出决定：离开这里去别的学校读。

她和我的一个本家爷爷联系，我那位本家爷爷在邻乡担任初中校长。但我那时的班主任和所有的任课老师都对母亲说："像你孩子这样的成绩到什么地方都恐怕没用了，转学要很多手续而且很麻烦，还是让他在这里混完初中吧，或者让他早点出去打工赚钱算了！"

母亲没信这个"理"。学期一结束，母亲硬是花了很大工夫并求三拜四地把我成功地转到邻乡那所初中。

或许是被母亲的痴劲所感动，虽然那所学校条件更艰苦，每个星期往返一次家带米带菜要骑了自行车走将近40里的山路，但到了那个学校后，我的成绩慢慢地跟上来了，后来还以优异的成绩考上了县城的重点高中。后来又考上了师范学院。

我大学毕业终于如母亲的愿，吃上了"山珍海味"。

就在美国攻打伊拉克的那年，一天晚上，忽然接到母亲打来的长途电话：你不要吃"山珍海味"了，立即回到老家来。

我问她家里出什么事了？

"美国正和什么伊拉克在打仗，你快回来！"

美国正在和伊拉克打仗关母亲什么事？原来母亲只知道我在很远的地方工作，听别人议论伊拉克也是在很远的地方。母亲便觉得伊拉克就是在我工作的这个地方。她觉得我不安全，就急切地想把我叫到家里去。母亲说哪怕是吃一辈子的"霉干菜"也要回去。

这就是我的痴母亲。我那"痴"了一辈子的母亲！

醒着的母爱

想不到一个长期困惑我的问题，到了初为人父时才渐渐体味。

我小的时候不到3岁就单独一个人睡。而那时候的我，体质很差，不是经常发烧就是容易用腿踢掉被子而感冒。因此，在夜里睡觉的时候，我醒来的次数特别多。

每次醒来的时候，我总习惯先叫一声：妈！不管是夜有多深，母亲听到第一声的时候，她就会马上应答我，并立即穿好衣服站到我的床边来，问我有什么事？每次都是这样，我因此就很纳闷：为什么母亲一次就能听到了我的叫声，难道母亲晚上都不睡，保持清醒着的吗？

我大学毕业参加工作了，母亲也苍老了，多次回到家里，夜里醒来有事情的话，我同样是只要叫一声：妈！母亲就会立即穿好衣服来到我的房间。

有一次，我问父亲：母亲晚上是不是都醒着的，不睡觉吗？父亲说：也真奇怪，你晚上叫她，她一下就清醒了，而我有时候叫她，她老半天都不知道……

在生孩子以前，妻子是有名的瞌睡虫，每天晚上不管有多么重要的事情，她到了晚上9点，一定得去睡。而且基本上是一睡就是到第二天的7点以后才会醒来，这是她雷打不动的习惯。更可恶的是，她每次睡觉都睡得很死，怎么叫她，她都很难醒来。我都笑她，睡着了把你卖了都不知道哦！

记得有一次，我因朋友聚会，接近10点回家，一到家门口，才发现钥匙忘在家里了，我拼命地敲门，脚手并用地敲了老半天，呼呼大睡的妻子就是听不到。害得我最后还得去住旅馆。第二天，我一回家，她还埋怨我为什么昨天晚上没有回家，弄得我真是哭笑不得。

直到，我们的孩子出生了，妻子的睡觉习惯还是没有变，但有一点变了，那就是她睡得没有以前那么死了。她渐渐地变了，孩子晚上只要一哭，哪怕是轻微的一个转身，她顿时会清醒。有几次，我认为整个晚上孩子睡得很好，没有一点吵闹。妻子马上会瞪我一眼说：你这睡猪。孩子昨天晚上醒来哭过几次，转了几次身，她都说得清清楚楚。

有一次，我问妻子说："你晚上都不睡，保持清醒吗？"妻子告诉我说："怎么会不睡？只不过孩子一有动静就立即会清醒过来……"

"只不过孩子一有动静就立即会清醒过来。"我这才明白：一个无论怎样贪睡的女人，一旦自己做了母亲，只要儿子在她身边，她将会是永远为孩子的动静而惊醒！

手帕　手帕

我忽然对两块手帕充满了怀恋，虽然只是很普通的两块。

20世纪70年代，在乡村长大的孩子是不兴用手帕的。有了鼻涕往袖口上一抹就了事。大部分小伙伴都是这样，没有谁笑话谁，有时候把袖口抹得上膏，还是习惯往上面抹，抹得脸上像鸡拉过大便。

那时，我鼻涕特别多，小伙伴因此送了我一个绰号"鼻涕虫"。一直到小学五年级毕业时村里的小孩和大人都还这样叫我。我很恼火，打得过的小孩我肯定要捶他一拳，打不过的也要回骂一句他的绰号，结果往往会换来一顿皮肉之苦。

很羡慕那些有手帕的女生，感觉她们很洋气。我对有手帕的同学有一种天然的敬意。也期盼自己有一天有属于自己的手帕。连手帕的样式和颜色我都谋划好了。

我给母亲说过一次，说我要有自己的手帕，可母亲都没用正眼瞧我就拿这扁担出去了。我感到很沮丧。那天下午轮到我放牛，我把牛拴在一棵大枫树下，用一根柳树鞭子狠狠地抽打了半天，打得老牛团团转，哞哞直叫。这个下午，我硬是没有让老牛吃上半根青草。

同桌一个叫海军的有一块手帕，海水的颜色。海军长得脸白白的，他母亲是位教师。我们班就他有手帕。我们很羡慕他，也喜欢跟他玩在一起。有一次，他在手帕上喷了几滴香水。课堂当他把手帕拿出来擦鼻涕时，一阵香气飘了过来，同学们忘记了是在上课，都把头投向海军。海军故意把手帕张开，然后用折被子的方式把手帕折成一个正方形，慢悠悠地放到上衣口袋。我看到我们的数学老师也抽了几下鼻子。

回到家里，我又和母亲说，我要手帕。母亲正挑一桶水回来，她把水倒进水缸，手帕，手帕，你二姐现在都还没有！母亲对我怒吼。

我一想也对，我二姐长我4岁，读初中一年级了，家里都没有帮她买手帕，还不要说读小学三年级的我。

很长一段时间，我不再去想手帕这件事了，我也不去羡慕海军。有手帕有什么了不起，我用袖口擦鼻涕更爽，左边袖口脏了用右边袖口擦，右边袖口脏了再用左边袖口擦，想到这个我竟然还有了点儿得意。

姐姐是在读初中二年级的时候用上手帕的。姐姐的手帕是一块纯白的，手帕的一个角绣了几朵淡雅的蜡梅。这块手帕还是外婆从吉安市区帮她买回来的。姐姐每个星期从学校回来都很认真地用肥皂洗她的手帕。她洗的时候我喜欢蹲在旁边，帮她换换水什么的。姐姐洗完后就把它拿到屋后一个向阳的地方晾晒，挂在一棵灌木上。她没有离开，我也没有离开。

母亲忽然要姐姐去菜园割青草喂猪。姐姐对我说，乐乐，你帮我看一下这块手帕，不要让风给吹走了。我一股脑儿点头说好。姐姐背着竹篮走远了。我看到这块洁白的手帕在灌木枝上飘拂，像一只洁白的蝴蝶。

忽然我打了一个喷嚏，打得全脸是鼻涕。看四周没人，我赶紧拿起那块洁白的手帕往脸上擦，擦完后慌慌张张挂回去。我突然感到很害怕，姐姐回来看到手帕上的鼻涕肯定会骂死我的。

我在灌木丛旁徘徊了很久，决定还是帮姐姐去洗一下。

我刚把手帕放进脸盆，姐姐就跨进门槛，说她忘了带镰刀。姐姐看到我手里的手帕，尖叫了一声，问怎么回事？我很紧张，但还是骗了姐姐，说是风吹下来的，手帕上面沾满了土粒，我拿来洗洗。姐姐很高兴，说，弟弟，我下次有了钱肯定帮你买手帕。

姐姐读到初二的上学期就没有再继续读了。她到父亲开的一个店里帮忙，后来她又和村里的几个女孩去了广东。

几年后，我也上初中了。一上初中，我发现有手帕的同学很多，特别是我的同桌润根，竟然有两块手帕。他很看不起我，特别是我喜欢流鼻涕，同学依然叫我的绰号"鼻涕虫"。那个时候,我喜欢班里的一个女孩子,我一走过这个女孩子的身边,他们就故意大声叫我的绰号。我很沮丧、无奈。

我读到初二下学期某一天,姐姐从广东回来了胖得让人不敢认。姐姐从包里掏她买回来的很多新鲜东西,我发现姐姐竟然给我买回来了两块手帕:一块是洁白的,一个角上几簇小花;一块是青色的,很普通的田字格图案。除了这个,姐姐还给了我一包面巾纸,这可是我在大饭店里才看到过的面巾纸。这包面巾纸有红黄紫绿四层颜色。姐姐告诉我,你的手帕脏了姐姐帮你洗,面巾纸也是给你擦鼻涕用的。

有了手帕后,我感到十分自信了。周日晚上,我回到学校就给我喜欢的那个女同学写了第一封情书。

姐姐给我的那包面巾纸我一直珍藏在我的一个皮箱中。

前几年,姐姐回娘家,吃完饭后找不到面巾纸擦嘴。我才想起我皮箱里那包珍藏许久的面巾纸。我把它拿出来,姐姐说这纸怎么这么粗糙,擦屁股都不太合适,她勉强从里面抽了两张。我很怅然,但我没有告诉她,这是她曾经买给我的那包面巾纸。

母亲在哪儿，家在哪儿

多年的外出漂泊，驿动的是身，依恋的是家。

无论是求学还是谋生，母亲的方向就是我眺望的方向。在心灵困顿时，在身心疲惫时，我都会拨通母亲的电话号码，连线千里，有时就为了听听母亲那愈来愈苍老的声音，这个我听了30多年还没有听够的声音。

有次，去打印电话的通话清单，竟然发现连续好几个月，自己拨出的号码几乎都是母亲的号码。

儿行千里母担忧，儿在千里思娘亲。从懵懂少年到而立之年，母亲在哪儿，我的思念之情就在哪儿。思的是乡土，恋的是娘亲。

很难忘记，读初中时，初次离开母亲，到乡镇的初中求学。虽然学校离家仅3里之遥，但我仍然难以忍受人生第一次长时间离开母亲，独自睡在大寝室的孤寂。虽然大教室里满地都是地铺，午夜都能听到同学们蟋蟀似的嘈杂声，但我是孤寂的，孤寂的我会想起母亲房间里的煤油灯是否熄灭，母亲在午夜的咳嗽声也让我想念起来甜美异常。那时，五天半的在校时间对我来说是漫长的。偶尔，我会装病请假，野牛般飞奔到家，在母亲的焦虑中把自己直直地横倒在床头。我知道，一碗香气扑鼻的葱花面很快就会出现在床头。

读高中和大学时，家离学校变成了50里之遥。在那时，渴望独立成了青少年的标签，同龄人把贬低土得掉渣的双亲当成一种时尚，把母亲的唠叨当成了魔咒，欲处之而后快。我也热衷这样的时尚，但在沉静的午夜，我依然会想起母亲，我感觉自己很伪善。不想母亲的夜晚，我会产生莫名的心悸。我会想起含辛茹苦的母亲为我积攒学费的终日劳累；我想起母亲是否拾掇好了猪牛，酣然入梦……我再也不在口头上嘲笑母亲的老土，听到同龄人谈论母亲时，我只是在心底讪笑，并悄然离开。

高中和大学的学校都在赣江边，每次想家的周末，我都会奔向赣江之畔，在江畔远眺群山中的家。看滚滚的赣江水沿着江岸一路向北，我的心却沿着思念一路向家，向着母亲日日夜夜操着单薄身躯游走的村庄。

参加工作后，远离母亲有千里之遥。离母亲远了，但思念的琴弦愈拨愈烈。每过上一段时间，在梦中，我都会沿着铁路的浙赣线和京九线奔突，因为那是连着家的路线，连着母亲的路线。那时，住在集体宿舍里，房间是有了，可我的家却无处安放。我知道这只是我漂泊的驿站，我的灵魂只能暂居，母亲依然在远远的赣中。

2008年，在著名的国际小商品城浙江义乌，我终于拥有了一套自己的住房。拿到房产证后，爱人很兴奋地说，我们终于有家了。是的，我们有家了，但只是有了梦寐以求的房子。我知道，我的家依然在魂牵梦萦的故土，因为母亲还在那里踽踽而行。

每年的假期，我都会告诉在家乡的朋友，我要回家的。2009年的假期，很多朋友打来电话，说今年假期怎么不回家了。

我高声告诉朋友，母亲在我这里了。朋友连声哦哦。

心安处即吾乡，吾心安处母亲处。在人生的驿站中，住处我会有许多，但我只有一个家。

母亲在哪，家在哪。驿动的是心身，固守的是娘亲。

亲如朋 朋如亲

情形往往是这样的：当一位朋友，特别是一位多年没见的故交说要来自己家里后，在朋友未来前就积极规划朋友来之后的事项。把家里洗刷整理干净，亲自驾车去车站把朋友接来，来到家里后帮朋友送上崭新的室内鞋，热情地接过朋友的行囊，泡上一杯热茶，打开电视机，送上刚买的新鲜瓜果，商量着去哪家高档宾馆住宿，带着朋友上最具特色的餐馆就餐，带着朋友去参观本地名胜古迹，赠上本地最有特色的礼品，回家时大包小包地把朋友送到车站，积极主动地帮朋友买上返程的车票，目送着朋友踏上离开的车。末了还会发上一句短信，说自己招待不周，请朋友多原谅并欢迎朋友再次光临……

情形通常也是这样：当一位亲人，特别是两位年老体衰的父母说要来家里后，在来到自己的家里前就纳闷父母来我这里干吗，想到父母来了家里后就不担心没人人洗刷整理屋子了，因为父母来过家里多次了，也就借口市区容易堵车浪费汽油要父母坐廉价的公交车前来，父母来到家里后就找到父亲上次穿过的旧鞋给换上，责怪父母带这么多笨重的蛇皮袋来，提醒父母水瓶应该还有开水，自己目不斜视地看体育赛事，果盘里只有残留的干瘪瓜果，安排父母住进那间飞尘飞舞的杂物间，叫父母去小区的菜市场买菜来弄饭，告诉父母小区的小花园可以多去转转，吃着母亲带来的家乡特产，父母回家时把他们送到上公交车的地方，给父亲返程的车票钱，父母不肯接钱就顺势把钱放回自己的口袋，看到父母踏上去车站的公交车后，大喊父母下次来多带些乡下的腊味来，父母离开后终于如释重负地在QQ签名栏写上：万岁，父母终于回家了……

我对朋友是如此的慷慨、豪爽、隆重，因为他是我的朋友。我对自己的亲人总是如此的吝啬、算计、随意，因为他们是我的亲人。

人人都会犯上一种病：在人生的长路上总是喜欢欺负最亲最爱的人，把自己的仁慈献给朋友，把自己的屈辱洒向亲人。于是乎，人人厚朋薄亲，把朋友尊为座上宾，把亲人屈为厨下娘。

本来生活不应该是这样，亲人是我的血脉之系，朋友是我的途中之遇。可我却本末倒置，看淡了自己的血缘，尊崇了自己的路遇。

我可以对朋友春风拂柳、灿如桃花，变陌生为真挚；却对亲人风霜雨雪、脸如冰霜，变熟悉为寻常。我感到很恐惧，因为古今中外最大的罪、最深的恶往往不是发生在朋友之间，而是在亲人之间。

记得那次，母亲因为一次小的疏漏，我竟然对她横加指责，生气时甚至用手里的物件朝她扔去。多天以后，当儿子问我为什么要用东西扔奶奶的时候，我的心犹如泣血。是啊，如果是朋友，哪怕是普通的陌生人有同样的疏漏，我肯定会换位思考并加以原谅，为何对自己的母亲却勃然大怒、雅态全失。难道仅仅是因为母亲与我有过脐血相连、血乳相喂？

我们总喜欢欺负最爱我们的亲人，特别是我们的父母。我们总能原谅哪怕是伤害过我们最深最痛的朋友甚至违法犯罪的人。

我们总是说，在家靠父母，出门靠朋友。我们忽视了这句话的真谛：父母和朋友就如我们人生路上的双桨，荡漾着我们的生命走向人生的彼岸。两者都不可舍弃，可现实是我们太多的人只耕耘了朋友，荒芜了父母。逢年过节，我们总想到应该给朋友发短信、送礼物，却忘记给亲人哪怕一句简单的问候。我们总是把最好的微笑留给朋友，把最差的脸色射向亲人。朋友简单的帮助我们感恩戴德、没齿难忘，亲人一生的关切我们视而不见、理所应当……

试想，我们能把对待朋友的方式来对待我们的亲人，我们的家庭会是多么的温馨与和睦；我们能把对待亲人的方式来对待朋友，朋友之谊也会是君子之交，淡而不腻，离而不疏。

或许，待亲如朋，待朋如亲，这才是我们一生应该修炼的待人之道。